離別曲

◎張小嫻

第 1 章

輓歌

世界充滿意外，心靈則不然。
我們愛的是我們一直在心中醞釀的人，
然後有天邂逅這個預先設定的理想，
問題只在時間遲早。

1

教堂祭壇前面的一口棺木裡，躺著一個女人，她的名字叫夏綠萍，年僅五十一歲。曾經姣好的容顏已然蒼白，合上的眼皮輕輕勾銷了前塵往事。她瘦小的身軀被一張緞質的白色被子覆蓋著，雙手垂在身旁，懷中有滿抱的白玫瑰，開得翻騰燦爛。

夏綠萍的朋友不多，唯一的親人是弟弟一家。偌大的教堂裡，疏疏落落的坐了幾十個人。最前排，兩個穿黑色喪服的女孩子並肩而坐，低聲啜泣，兩個人的背影看上去有些相似。靠近走道的是李瑤，李瑤旁邊的是夏綠萍的侄女夏薇。

起立唱『奇異救恩』的時候，李瑤不時回頭朝教堂那道圓拱門望去。

『他不會來的了。』夏薇說。

『他會不會收不到消息？』帶著一臉的失望，她說。

『我通知了他舅舅，但他舅舅也只有他三年前的地址。他要來的話，已經來了。』

『你有見過他嗎？』

夏薇搖了搖頭，說：『都不知道他變成甚麼樣子了。』

唱完了聖詩，人們重又坐下來，教堂裡悄然無聲。

李瑤步上祭壇，坐在那台黑亮亮的鋼琴前面，她身上的黑色裙子散開來輕輕地落在一邊。外面的曙色穿過教堂穹頂的彩繪玻璃，投影在她臉上，她看上去竟有著她老師夏綠萍年輕時的影子。她送給老師的最後一曲，是蕭邦的『離別曲』。

她的手指在琴鍵上錯落地彈奏，像風在樹葉間吹拂，生命在樹葉下面茁壯成長，然後衰敗，是那樣纏綿，那樣激動，又那樣破碎，那音樂，竟奏出了塵土的味道。

當最後一個音符在琴鍵上輕輕地熄滅，李瑤抬起頭朝那道圓拱門再看一眼，它終究沒有打開。

2

在送葬的車上，夏薇把一個小包包交給李瑤，說：

『是姑母留給你的，韓坡也有一個。』

李瑤打開那個小包包，裡面是一個小小的糖果罐，已經有點鏽蝕了。她望了望身邊的夏薇，兩個人相視微笑。

『已經很久沒吃過這種果汁糖了。』夏薇說，然後笑笑問：『裡面有糖嗎？』

李瑤搖了搖那個糖果罐，罐裡發出叮叮咚咚的聲音。她打開蓋子，把裡面的東西倒在掌心裡，是兩個十法郎的銅板。

李瑤眼裡盈滿了淚水，那兩個看上去平平無奇的銅板，把她送回去很久很久以前的時光。

3

李瑤那雙稚嫩的小手在琴鍵上歡快地奔騰。

『不！不是這樣！我說過多少遍了？是用十根手指彈琴，手腕不要動。』夏綠萍用一把尺劈劈啪啪的打了那雙手腕幾下。

她縮了縮手，嘟起嘴巴。

夏綠萍撇下她，走進書房裡。

李瑤聽到夏綠萍在房間裡翻東西的聲音。然後，她從房間裡走出來，吩咐李瑤：『把手伸出來。』

李瑤以爲又要捱打了，戰戰兢兢地伸出雙手。

夏綠萍把兩個銅板輕輕地放在李瑤兩邊手腕上，說：

『現在把雙手放在琴鍵上，我們來彈下一首歌，記著，不能讓銅板掉下來。』

李瑤小心翼翼地把雙手放到琴鍵上，學著只用手指去撫觸。她擺動手腕的壞習慣是從那時開始慢慢矯正過來的。

那年她三歲。

每個星期有四天，她會到夏綠萍位於薄扶林道的公寓學琴。

夏綠萍總愛穿一身黑，冬天時是黑色高領毛衣，夏天時是V領的棉衣或襯衣。無論甚麼季節，她的褲子都是七分長的，露出她那雙小巧的腳踝。

鋼琴旁邊，放著一罐美味的果汁糖，李瑤彈得好的時候，夏綠萍會獎她吃一顆糖。李瑤最愛檸檬味，韓坡喜歡薄荷。

韓坡是後來才出現的。

那天，練完了琴，夏綠萍獎了李瑤一顆糖。她獎給自己的，是一支名喚『羅密歐與茱麗葉』的夏灣拿雪茄。她有時會吸雪茄，所以房子裡常常瀰漫著煙葉的味道。

她坐在陽台旁邊的一張紅色布沙發裡，小心地撕走雪茄煙的標牌紙環，用一把小剪刀把煙口剪開，然後用一根長火柴點燃了那支雪茄。

她悠悠呼出一個煙圈，告訴李瑤，要彈最好的琴，吸最好的雪茄，穿最好的鞋子，吃最好的東西。爲了支付這種生活，她便不能只挑最好的學生。她掃掃李瑤的頭：

『我不是說你啊！你將來會很出色的！』

然後，她補充說，『羅密歐與茱麗葉』不至於最好，但她喜歡它的名字和味道。

一通電話打進來，夏綠萍去接電話回來之後，很興奮的告訴李瑤：

『下次你來，我給你介紹一個小男孩。』

『他是誰？』

『他叫韓坡，年紀跟你差不多。』

『他是來學琴的嗎？』

『嗯，他很有天分！』夏綠萍回到沙發裡，吮吸著那支跟她清秀臉龐毫不相稱的雪茄。她呼出一個煙圈，說：『他是個孤兒。』一種微笑的淒涼。

4

那天放學後，司機把李瑤送到夏綠萍薄扶林道的公寓，她連跑帶跳的爬上樓梯。

門打開了，一個小男孩羞怯地立在那台史坦威鋼琴旁邊。他身上穿著校服，腳上那雙皮鞋已經磨得有點破舊了。比李瑤高出一點點的他，搓揉著手指頭，小小的眼眸裡透著一點緊張。

『李瑤，這是韓坡。』叼著一支雪茄的夏綠萍把李瑤叫了過去。

李瑤朝他笑了笑。他兩頰都紅了，訥訥地，沒有回應。

『讓我看看你的手。』夏綠萍跟韓坡說。

韓坡伸出了雙手，他的手指很修長。

夏綠萍捏了捏韓坡雙手，眼裡閃著亮光，說：『很漂亮的手！』

然後，她問：

『你以前學過彈琴嗎？』

韓坡搖了搖頭。

『那麼，你會彈琴嗎？』

韓坡點了點頭。

『你隨便彈一首歌吧！』她一隻手支著琴，吩咐他。

韓坡坐到鋼琴前面。他低頭望著琴鍵，雙手抓住琴椅的邊緣，動也不動。

夏綠萍沒說話，一直在等著。倒是李瑤有點不耐煩，在韓坡背後瞄了好多次。

夏綠萍手上的雪茄都燒了一大半，韓坡卻依然僵在那裡。她終於說：『如果你不想彈便算了。』帶著失望的神情，她轉過身去，擠熄了那支雪茄。

忽然，咚的一聲，韓坡輕輕地，溫存地撫觸琴鍵。僅僅只是一瞬間，那台鋼琴像是他小小身軀的延伸，跟他融爲了一體，琴聲裡有一種動人的悲傷。後來，李瑤才知道，韓坡這天彈的，是中國著名作曲家黃友棣寫於一九六八年的『遺忘』，這是他媽媽生前最愛彈的一支歌。

當他彈完了最後一個音符，李瑤走上去，在韓坡的背脊戳了一下。他愣了愣，回過頭來望著她。她朝他微笑，他羞怯地笑了。

『李瑤，你幹甚麼？』夏綠萍瞪大了眼睛。

她沒法解釋，她就是想用手指戳他一下，那是一種喜歡吧。更小的時候，她參加一個小親戚的生日派對，傭人把蛋糕捧出來，那是個很漂亮的鋼琴形狀的蛋糕，每個小朋友都流著口水等吃，主角還沒來得及把蠟燭吹熄，李瑤用手指戳了戳那個蛋糕，在上面戳出了一個洞洞。那個小親戚呆了一下，眼耳口鼻一瞬間全都擠在一起，哇啦哇啦的大哭。她就是喜歡戳她喜歡的東西。

她是那樣喜歡過韓坡。

5

窗外月光朦朧，一個男人柔情地用鋼琴彈著一支纏綿的情歌。

那是巴黎小巷裡的一家法國餐廳，以新鮮的炭燒乳豬腳馳名。這裡是二十四小時營業的不夜天，晚飯時間有鋼琴演奏。有了音樂，吃豬腳大餐這麼粗獷的行爲好像也馬上變得溫柔了。

那位年輕的鋼琴師彈完了一曲，走到吧台前面的一張高椅坐下，點燃了一根煙。他看來是那麼落魄，然而，比起他在祖國波蘭的生活，這裡已儼然是天堂。

一個女侍捧著客人用過的盤子打他身旁走過，鋼琴師瞇起了那雙深褐色的大眼睛，對她扮了個鬼臉。她是他的女朋友，同樣來自東歐。她朝他銷魂一笑。

那個女侍把盤子拿到廚房，堆在洗碗槽裡。正在洗碗的是兩個年輕的中國人。

這個時候，一個年輕的中國女人從後巷探頭進來，好像找人的樣子。

『韓坡！』她喊。

韓坡愣了愣，抬起泡在洗潔精泡沫裡的一雙手，甩了甩，灑落了一些水珠，走到那個門口去。

『很久沒見了！甚麼風把你吹來的？』他對女郎說。

『你有信。』女郎從皮包裡掏出一封信交給韓坡，說：『從香港寄來的。』

韓坡把雙手往牛仔褲上擦，接過了那封信。他並沒有立刻拆開來看，而是上下打量女郎。

『看甚麼嘛？』

『你好像胖了！』

『你才胖！』女郎靠在門框上，斜眼望著韓坡。

停了一會，她說：『我在念時裝設計。』

『是嗎？我賺到錢，一定來光顧。』

『我做女裝的！』女郎說。

『那我改穿女裝！』他咯咯地笑。

女郎沒好氣地說：『我走囉！』

女郎走了之後，韓坡蹲在地上看信。信是舅舅寄來的，告訴他，夏綠萍死了。

韓坡站了起來，把那封信摺起，塞在牛仔褲的後袋，回去繼續洗碗。

『以前女朋友吧？』葉飛問。

葉飛從北京來。韓坡跟他認識六個月了，是很談得來的朋友，或者也有一點同是天涯的情義吧。葉飛跟他不同，葉飛就是喜歡法國，做夢都想著來巴黎。韓坡喜歡四處跑。三年前，他從香港來巴黎，然後去了西班牙、義大利、奧地利、荷蘭，最後又回來巴黎，錢花光了，就打工賺錢，儲夠了錢，又再離開，是流浪，也是在浪擲日子。他已經很久沒回去香港了。

『我昨天也收到我哥哥的信，他在國內是有點名氣的。他上個月剛剛橫渡長江，是游泳過去呢！不簡單啊！電視台都去採訪他。他去年已經橫渡了黃河，正準備遲些橫渡長江。我看他甚麼時候再橫渡英倫海峽來看我，就連買機票的錢都省回了。』葉飛說。

『你知道豬爲甚麼只有兩隻腳趾嗎？』韓坡把盤子裡一隻吃剩的豬腳撿起來，丟在一旁。

『管他的！』

『只有兩隻腳趾，就是一隻連著一隻，一雙一對啊！』

『你胡扯甚麼？』

『那就是連理趾啊！在天願作比翼鳥，在地願爲連理趾。』韓坡呵呵的笑了起來。

『有甚麼好笑？』

韓坡低著頭，自顧自蒼涼地笑下去。

6

下班之後，韓坡與葉飛朝巴黎的夜晚走去。

『去看豔舞吧！』韓坡突然拐個彎去，說。

『哪有錢？』葉飛跟在他身後說。

『我請客！』

『我來巴黎大半年了，還沒有看過豔舞！』葉飛的手搭在韓坡肩上，一邊走一邊說。

兩個人來到舞廳，在舞台前面找了個位子。

韓坡點了一瓶紅酒，然後又叫侍者送雪茄來。

侍者把一個雪茄盒捧到韓坡面前，裡面放著幾種雪茄。韓坡挑了兩支『羅密歐與茱麗葉』。

葉飛笨拙地吸著雪茄，搖搖頭，說：『眞不敢相信我們剛剛還在廚房裡洗盤子！』

裸露上身的豔女郎隨著音樂在台上跳著誘惑的舞步。韓坡深深吸了一口雪茄，緩緩吐出一個煙圈。這一支煙燃亮了往昔的時光，一種愁思從他心頭升起，那些日子，竟已在年華虛度中消逝。

那天，韓坡的媽媽把他抱在膝蓋，將他那雙小手放在自己手背上，在鋼琴前面彈著她喜歡的歌。當他還是個嬰兒，媽媽就喜歡彈琴時把他擁在懷裡，鼓勵他伸出小手去摸索那些發亮的黑白琴鍵。她彈琴的時候也唱歌，歌聲溫柔而迷人。那一刻，母親、孩子和鋼琴親密地融爲一體。

直到琴音的殘響完全消失之後，媽媽把他放下來，告訴他，她和爸爸要出去一會，很快便會回來。

外面大雨紛飛，他們開車出去，回程的時候在一條山路上突然加速時撞壞了，翻到陡峭的山坡下，兩個人的身體摔成了肉醬，再也回不了家。

當天晚上，舅舅來把他接走。

第二天，是韓坡四歲的生日。

很長一段日子，他沒有再碰那台鋼琴，他的世界變得寂靜無聲。

後來的一天，工人來把他家裡的東西統統搬走。他爸爸媽媽欠了一筆債，那是用來抵債的。

舅舅拉著他的手，兩個人站在公寓的樓底下。昏天暗地，雨沉沉地落下。兩個工人把那台鋼琴扛到樓底下，準備待會再抬到貨車上。韓坡掙脫了舅舅的手，衝到那台鋼琴前面，扯開了蓋著鋼琴的那條布。雨淅瀝淅瀝地滴下，他的手指在琴鍵上彈著媽媽以前喜歡的歌，已經分不清雨聲和琴聲了。

舅舅把他從那台鋼琴拉了開來。工人重又用一條布把鋼琴遮著，然後抬上了車。就在這個時候，一個穿黑衣黑褲的女人，撐著一把紅傘從雨中跑來，問他舅舅徐義雄：『這個孩子有學鋼琴嗎？』

『沒有。』徐義雄冷冷地說。

夏綠萍從口袋裡掏出一張名片交給徐義雄，說：『這是我的電話號碼，如果你有興趣讓他學琴的話，可以找我。』

『我們沒錢。』徐義雄說。

『我可以不收學費。』夏綠萍說。

徐義雄沒回答，隨手把那張名片放在口袋裡，拉著韓坡走。

韓坡跟在他舅舅後面。走了幾步，他往回望，看到夏綠萍優雅地站在雨中，一種說不出的溫柔。

他在舅舅家裡沒說過一句話。三個月後，徐義雄找出夏綠萍的名片，打了一通電話給她，表示願意讓韓坡去學琴。

在夏綠萍的公寓裡，他第一次彈了媽媽常常彈的『遺忘』。那天，夏綠萍叼著一支雪茄，站在鋼琴旁邊，雪茄的味道在房子裡流曳，薰著他的臉。

7

韓坡和葉飛喝了不少酒，搖搖晃晃地走在長滿栗樹的長街上。

葉飛突然很機警地跳過一條狗糞，一邊走一邊咒罵：『巴黎就是狗屎多！』

韓坡走在前頭，暗夜裡，遠處不知甚麼地方一盞燈還高高地亮著，像靈堂裡的一盞長明燈。

8

窗外，漫漫長夜緩緩的月光，韓坡坐在他那間小公寓的地上，啃著從餐廳帶回來的賣剩豬腳，這是他在潦倒日子裡最豐盛的食物。

那個雨天，夏綠萍無意中從陽台上用望遠鏡看到他在對面一幢公寓的樓底下歇斯底里地彈琴。雖然琴聲被雨聲蓋過了，但他的動作和音感震撼了夏綠萍。這麼小的一個孩子，手指每一下落在琴鍵上，竟好像與那淅淅瀝瀝的雨聲同歌。她吃了一驚，告訴自己，一定要教這個學生。

然後，她撐著雨傘跑來，在最蒼茫的時刻，救贖了他。

9

韓坡走到樓下拍葉飛的門。

葉飛矇矇矓矓的來開門。

『你有沒有錢？』韓坡問。

『你要多少？』

『你有多少？』

葉飛在床墊下面翻出一疊鈔票，那裡有幾百法郎。

『我現在只有這麼多。你要錢來幹甚麼？』

『回香港。』

『你剛剛那樣花錢，現在又問我借錢回香港？早知道不用你請去看豔舞！』他咕噥。

『你只有這麼多嗎？』韓坡一邊數鈔票一邊說。

『你還想怎樣？』

『我回去送一個人。』韓坡說。

『又要交租，又要交學費，我哪來這麼多錢？眞是怕了你！我明天去銀行拿好了。我戶頭裡還有點錢。』

『不用了，我找以前的女朋友想想辦法，每個人借一點，應該可以湊夠錢買一張機票的。』他說。

葉飛笑了：『那你不只買到一張機票，大概可以環遊世界了。』

10

韓坡靠在甲板的欄杆上，遙望岸上那座教堂的圓頂。他是回來送葬的，此刻卻在渡輪上。

就在推開教堂那道圓拱門的短短一瞬間，他聽到蕭邦的『離別曲』，他的手僵住了，立刻縮了回去。雖然隔了這許多年，他馬上聽出是誰在彈。只有她才能夠把『離別曲』彈得那樣詩意而破碎，宛若在風中翻飛而終究埋於塵土的落葉。這些年來，她進步了不少，已經不可以同日而語。

他頹然坐在教堂外面的石階上，再沒有走進去的勇氣。

11

一晃眼十六年了。八歲那一年，他和李瑤都已經是八級鋼琴的身手。夏綠萍替他們報了名參加少年鋼琴家選拔賽，首獎是英國皇家音樂學院的獎學金。

那是個冬日的夜晚，天氣異常寒冷。鋼琴比賽的會場外面，陸陸續續有參賽者由家長帶來。韓坡跟在舅舅後面，他身上穿著一套租來的黑色禮服，腳上踩著那雙舅母前一晚幫他擦得烏黑亮亮的皮鞋，一副神氣的樣子。然而，他凍僵了的手卻在彈大腿，把大腿當成了琴，一邊走一邊緊張兮兮地練習待會要比賽的那支曲。

前一天晚上，他聽到舅舅跟舅母說，要是他輸了這個比賽，便不要再學鋼琴了。

『彈琴又不能混飯吃！』他舅舅說。

徐義雄是個腳踏實地、辦事牢靠、恪盡職守的郵差，還拿過幾次模範郵差獎。

韓坡的父母死後，他把韓坡接回來撫養。他是不情不願的讓韓坡去跟夏綠萍學琴的。他壓根兒不相信藝術可以餬口，只想韓坡努力讀書，有個光明的前途。那麼，他也就是盡了做舅舅的責任。

韓坡的爸爸是個紈袴子弟，靠著父親留下來的一點祖業，一輩子從沒做過任何工作。韓坡的媽媽中學一畢業就嫁了給他爸爸，從沒上過一天班。

這兩夫婦很恩愛，婚後住在薄扶林道一幢布置得很有品味的房子裡，過著優渥而附庸風雅的生活。韓坡四歲之前，身上穿的是質料最好的名牌童裝，生日會不是在麥當勞而是在鄉村俱樂部舉行。三歲那年，他已經去過巴黎，雖然他事後完全沒有印象。

直到這對夫婦交通意外身故之後，大家才發現他們因爲揮霍和不善理財，早已債台高築。

徐義雄很疼他姊姊，但他無法認同她過生活的方式。他覺得他有責任保護韓坡，不讓他走父母的舊路。

這次比賽輸了的話，就證明他不是最棒的，那又何必再浪費光陰？世上有千千萬萬的人在學鋼琴，成名的有幾人？

會場外面，有人在韓坡背上戳了一下，他知道是李瑤，兩條手臂於是立刻垂了下來，裝著一副很輕鬆的樣子。李瑤走到他身旁，朝他淘氣地微笑，脫下手套，伸出雙手，說：

『漂亮嗎？』

她那十片小指甲塗上了鮮紅色的蔻丹，宛若玫瑰花瓣。

『媽媽幫我塗的！她說她每次塗這個蔻丹都會有好運氣。』

這天晚上，李瑤穿了一襲象牙白色的絲緞裙子，領口和裙襬綴滿同色的蝴蝶結，側分界的頭髮貼貼服服的在腦後束成一條馬尾，隨著她的身體搖曳。

陪著李瑤來的是她媽媽傅芳儀。

她溫柔地摸摸韓坡的頭，問：

『緊不緊張？』

韓坡抿著嘴唇，緊張得說不出話來。他可沒李瑤那麼輕鬆。李瑤的爸爸是個白手興家的建築商，家境富裕，即使拿不到獎學金也沒關係，她依然可以去外國深造。但韓坡輸不起。

夏綠萍在大堂裡等著他們。她捏住韓坡的手，責備他：『爲甚麼不戴手套？你雙手很冷！』她一邊說一邊搓揉那雙因爲緊張和寒冷而哆嗦的小手。

12

韓坡和李瑤一起在後台待著，前面的幾個參賽者都彈得很好，韓坡又再偷偷彈自己的大腿。

李瑤首先出場。她站在台中央鞠了個躬，然後緩緩走到那台鋼琴前面坐下來，雙手輕柔地抬起，像花瓣散落在琴鍵上。

她彈得像個天使，那台龐然巨物比她小小的身軀何止重百倍？卻臣服在她十指之下。她把夏綠萍爲她挑的蕭邦『雨滴』前奏曲彈得像天籟，靠著她，凡人得以一窺那脫俗而神聖的境界，片片花瓣從天堂撒落。

韓坡在後台看得目瞪口呆，李瑤比平日練習時發揮得更淋漓盡致，這是她彈得最好的一次『雨滴』。他肩頭的石塊更重了。

掌聲此起彼落，李瑤進去後台時，興奮地戳了戳他的肩頭，在他耳邊說：

『你也要加油啊！』

13

韓坡坐在鋼琴前面，就在這一刻，他心頭好像有幾十隻小鳥亂飛亂撞。夏綠萍爲他選的是『離別曲』。

他雙手溫柔地撫觸琴鍵，好像在彈一首即興創作的詩，每一個音節都以驚心的韻律獲得了醉人的色彩。就在這時，一顆汗珠從他額頭滾下，緩緩流過他的眼眉和眼瞼，剛好停在他的睫毛上。由於聚光燈的折射，那顆汗珠成了一個五彩幻影，擋住他的視線，韓坡覺得有點澀，眨了眨眼，就在那一瞬間，他的手指錯過了一個鍵。他倉皇地想去補救，結果卻只有更加慌亂。像一盤走錯了的棋，他把自己逼上了絕路。

草草彈完了最後一個音符，他的頭髮全濕了，心頭的小鳥都折了翅膀，慘然地飛墜。

李瑤在後台看到失手的韓坡，她難過得哭了。

韓坡呆呆地望著琴鍵，只希望可以重來一次，只要一次就好了，但這是永不可能的希望。

14

那個晚上，李瑤拿了首獎。這個獎，把他們從此分隔天涯。

回家的路上，舅舅跟他說：

『不要再學了。』

他默默地走著，沒抗議，也沒哭。

直到李瑤上飛機的那天，他坐在校車上，因爲修路的緣故，校車走了另一條路。那條路上有一家琴行，櫥窗裡放著一台擦得亮晶晶的黑色三角琴，在陽光的濾洗下，閃耀出一道燦爛的光華。就在那刻，他的臉貼住車窗，明白了這是他和鋼琴永遠的離別，所有辛酸都忽然湧上眼睛，他抽抽噎噎地哭了。如果爸爸媽媽還在，那該有多好。

15

韓坡從台階上站了起來，在懷中掏出一小包巧克力，鬆開絲帶，把裡面兩顆松露巧克力埋在教堂前面的一株白蘭樹下。這是他帶回來給夏綠萍的。

有一次，夏綠萍從巴黎帶回了這種圓圓胖胖的松露巧克力給他和李瑤，每一顆都有一種絲絨般的光澤，融在舌頭的一剎那，留下了甜蜜的滋味。

『像一個完美的C大調！』夏綠萍嘆喟。

她告訴他們，將來有機會到巴黎的話，千萬別忘記嚐嚐這個巧克力，她自己是每一趟到巴黎都不肯錯過的。

他猜想夏綠萍當天那盒巧克力是在名震巴黎的『巧克力之屋』買的，他帶來了，用兩個C大調代替靈前的一束白花。

16

十六年後的『離別曲』彈完了，十六年前的『離別曲』卻依然迴響於他的記憶裡。彈琴的那個人還是像個天使嗎？

他離開了教堂，毫無意識地走上一艘渡輪，橫渡往事的潮漲潮落。教堂上的鐘樓遙遙在望，這個老去的孩子，只能在船上為夏綠萍唱一支輓歌。滔滔流逝的時光，化作白日下的一掬清淚。

第 2 章

遙遠

惟有愛情，

始於如此的興奮與渴望，

又終於如此的挫敗與荒涼。

1

李瑤和顧青是在英國認識的。當時，她跟一個念作曲的男生分手差不多一年了。聖誕節臨近，她的日本同學望月邀請她去參加平安夜的派對。

『這種日子，不要再窩在宿舍裡！』望月說。

派對就在望月男朋友桶田那幢漂亮的公寓裡舉行。當夜，李瑤在那裡邂逅也是從香港來的顧青。從不相信一見鍾情的她，當下才發現，人們不相信某樣事情，也許是他們還沒機會遇上。一旦遇上了，便再沒法那麼振振有詞。

顧青是她一直嚮往的人。

心理學家說，人的潛意識中，存著老舊而破損的家庭照片，只受到如那泛黃印象的人吸引。顧青的出現，就是那麼理所當然，他像是她已經認識很久的人。在異鄉那個寒冷的冬夜，他那溫暖的微笑和從容的氣度，震撼著她靈魂中的每一絲每一毫。而她何其幸運？這種震撼並不是單向的，她彷彿也是從他那張老舊的家庭照片裡走出來的人。

世界充滿意外，心靈則不然。我們愛的是我們一直在心中醞釀的人，然後有天邂逅這個預先設定的理想，問題只在時間遲早。

派對結束之後，顧青送李瑤回去。已經是凌晨兩點鐘了，兩個人朝倫敦的平安夜走去，一路上心蕩神馳。到了宿舍外面，顧青問她：

『你明天——呃，應該說是今天稍晚的時候會做些甚麼？』

『我會在家裡孵雞蛋。』她朝他微笑。

『我也是孵雞蛋，那麼，不如我們一起去吃蛋炒飯，你也可以再考慮一下那個錶殼。』

她燦然地笑了。

當天大夥兒交換禮物的時候，李瑤抽到望月在波特貝露道一家古董店買的玫瑰金錶帶。顧青抽到的竟剛好是桶田一個朋友送出來的古董錶殼，同樣是玫瑰金。

顧青堅持要李瑤收下那個錶殼，李瑤卻認爲顧青應該得到那條錶帶，因爲那個錶殼對她來說好像大了一點。顧青把錶殼放在李瑤的手腕上量度了一下，說：

『不會太大，剛剛好。』

但她堅持不該要他抽到的禮物。

這個討論持續到聖誕夜他們吃蛋炒飯和烤鴨的時候。結果，他們決定各自保留錶殼和錶帶，紀念他倆的相識。

2

從那天開始，李瑤在倫敦不再是形單影隻。兩年的日子裡，她和顧青經常結伴去看歌劇、逛博物館，或者到湖區去度假。他們也一起遊過了羅馬、佛羅倫斯和巴黎。顧青有時會陪她練琴，他是個很好的聽眾。

正在劍橋念金融財務碩士的顧青在朋友間是個很受歡迎的人。他有人情味，正直，幽默，讀書成績好，人又聰明。顧青在家裡排行第三，有兩個姊姊和一個妹妹。顧青出身自香港一個名門望族，家裡是開銀行的。雖然家境富裕，顧青過生活卻很儉樸。他課餘在學校裡當助教，賺點生活費。爲了省點房租，他還幫忙年老的房東溜狗。他溜狗很用心，他會陪那條缺少運動的哈巴狗跑步，讓牠四條腿都練得結結實實，結果，那條街上大半的狗主都僱他溜狗。

第一次請李瑤吃飯的那個聖誕夜，他笑笑跟她說：

『感謝一條斑點狗和兩條老虎狗，這頓飯是牠們請客的。』

那以後，李瑤常常陪他溜狗。

顧青穿衣服也很簡樸，他冬天常穿的那件藍色呢絨拉鍊外套，都穿了六年。他的頭髮是自己剪的，也幫朋友剪。

有一年，傅芳儀去米蘭看時裝展，回程的時候來倫敦探望李瑤。顧青陪李瑤去接機，傅芳儀一看見顧青就喜歡了，但她提醒她女兒：

『千萬別那麼年輕便結婚，婚姻會扼殺一個女人的夢想。』

3

李瑤的爸爸媽媽在她十一歲那年離婚了。

那天早上，她在學校宿舍裡接到爸爸打來的電話，一向堅強硬朗的爸爸在電話那一頭泣不成聲，一個十一歲的孩子倒過來安慰一個四十歲的男人。

『我沒事！我真的沒事啊！爸爸。』

直到兩個星期後的暑假，同學都回家去了，爸爸獨個兒來倫敦看她。暮色裡，李瑤在宿舍外面看到這個彷彿在一夜之間老去的男人，她眼裡盈滿了淚水，跑上去，跳到爸爸身上，緊緊地攬著他，手指在他頸背上戳了好幾下，既是憐惜，也是責備；責備他留不住媽媽。

4

離婚是傅芳儀提出的。

這個擁有美滿家庭的幸福女人，有天獨個兒逛街，突然很想吃一片藍莓乳酪蛋糕，於是，她帶著無比的渴望走進一家咖啡店，點了一片蛋糕和一杯牛奶咖啡。侍者端來一片藍莓乳酪蛋糕，蛋糕旁邊放著一球香草冰淇淋。當她嚐到第一口蛋糕的滋味時，全身突然一陣戰慄，記憶裡轟然一響，把她送回去遙遙遠遠的青蔥歲月。

中學畢業晚會結束之後，她跟幾個要好的同學去了咖啡店。她們都點了那裡最美味的藍莓乳酪蛋糕，蛋糕旁邊放著一球香草冰淇淋，那是個怎麼吃也不會胖的年紀。她用手指沾了點蛋糕放在嘴裡品嘗。同學們熱烈地討論著自己的將來，每個人都有夢想。她們問：

『芳儀，你呢？』

她想要成爲時裝設計師。

她從小就喜歡時裝。她那個美麗而端莊的媽媽在友儕間是以會穿衣服出名的，雖然生活緊絀，而且不過是個家庭主婦，但傅芳儀的媽媽總是把自己和孩子打扮得漂亮和得體，她還會自己做衣服。

帶著這種遺傳長大的傅芳儀，自然也很會穿衣服，她中學時的零用錢大部分都花在時裝雜誌上。她本來想念時裝設計，爲了前途，選了英國文學。媽媽說，念英國文學，畢業後起碼可以當教師，生活比較穩定。

大學第二年，她認識了比她年長七歲的李存厚，畢業之前，她意外懷了李瑤，只得匆匆披上婚紗去。

婚後，丈夫的事業愈來愈成功，女兒在八歲那年拿到獎學金上英國皇家音樂學院，現在十一歲了，她將會有一個燦爛的未來。

傅芳儀突然有點妒忌自己的女兒，李瑤面前有一片壯闊的夢想，可是，她自己呢？除了一段已經消逝的愛情和一段平淡的婚姻，她一無所有，而她已經不年輕了。幸福，到底是她所過的生活，還是那些她曾熱切地嚮往卻失落了的生活？

她望著面前那一球融掉在蛋糕旁邊的冰淇淋怔怔發呆。

那個晚上，她告訴李存厚，她要離婚。無論這個跟她共同生活了十一年的男人怎樣哀求，她也不肯回心轉意。她已經不愛他了，這個男人只是她的親人，是她的熟土舊地，埋葬了她詩意的青春和夢想，而且已經無能力再提供她需要的愛了。她不怪他，但她告訴他，生命會在某個時刻召喚我們；召喚她的，是一片乳酪蛋糕。

那個可憐的男人以爲他妻子瘋了。

5

傅芳儀用贍養費開了一家高級時裝店。她那幾個最有野心的同學都趕在生物時鐘敲響之前結婚生孩子，只有她，重尋失落了的夢想。她要成爲時裝女王。

李存厚在離婚後把香港的生意統統結束了，一個人去了加拿大魁北克，整整兩年陷在悲傷之中。兩年後，他在街上碰到一個中學時的女同學，這個女人從前很仰慕他。李存厚跟她結了婚，生了個男孩，留在那邊生活，不打算回來了。

跟傅芳儀由相識到結婚十三年之後分離，然後在異鄉遇上一個故人，過著另一種人生。他終於相信，生命會在某個時刻召喚我們，而我們唯一可以做的，是回應這種召喚。

6

十年之間，傅芳儀已經建立起她那個小小的王國。她的眼光得到不少顧客的讚賞，時裝店一再擴充，還開了兩家分店。每年的時裝節，她穿梭於巴黎、倫敦、米蘭和紐約，親自去見設計師，親自買貨，像個大學女生那樣，提著沉甸甸的筆記簿在各個時裝展上努力做功課。

時光是否永難喚回？永遠失落？那得要看你肯付出甚麼代價。

傅芳儀找到真正屬於她的舞台，她比以往任何時刻都要快樂，雖然這種快樂有時候伴隨著異國長夜的孤單。

由於爽朗迷人的個性，她有過兩段羅曼史，但她早就決定不向愛情效忠，只效忠於自己。

她對時裝充滿熱情，對數字卻一塌糊塗。由於不擅理財，加上洶湧的經濟風暴，她債台高築，兩家分店先後關閉，欠下銀行一大筆債，連前夫留給她的那幢房子都抵押了。

7

當外婆在長途電話裡把消息告訴李瑤的時候，她才知道媽媽兩年來都在還債。一個星期後，傅芳儀來倫敦看時裝展。李瑤去旅館找她時，她頭髮蓬鬆，房間的床上放滿了衣服。看到了李瑤，她把她拉到一面橢圓形的鏡子前面，將衣服一件一件披在李瑤身上，興奮地向李瑤縷述這些設計的每一個細節是多麼令人讚歎。然後，她喜孜孜地告訴李瑤，她剛剛拿到這個品牌的代理權。

還是李瑤首先提起欠債的事。

傅芳儀滿不在乎地說：

『只是個小數目。』

『那到底欠多少？』李瑤問。

傅芳儀聳聳肩，說：

『我不知道。』

一個人不知道自己戶口裡有多少錢，和一個人不知道自己欠債多少，都是同一個理由，就是太多了。

李瑤毫無辦法地看著她媽媽，她背朝著李瑤，蹲在地上收拾散落一地的衣服。就在那一瞬間，李瑤看到她曾經年輕美麗的媽媽頭頂上有了一綹白髮，一種悲傷忽然淹沒了她，媽媽變成了她的孩子，她不理她，她就滅亡了。

『我不要去德國了。』她說。

8

李瑤本來打算畢業後去德國深造的，顧青說好要跟她一起去。現在她決定回香港，她得把這個決定告訴顧青。

『我陪你回去。』顧青說。

『你用不著這樣做。』她知道顧青一直不想回去香港。回香港去，便意味著他要到家族的銀行工作。

『我們不是說好了的嗎？』顧青朝她微笑。

去年，他們在倫敦的湖區度假。那個晚上，星垂湖畔，他們靠在那幢租來的小白屋前面，她問他：

『你知道爲甚麼女鋼琴家比男鋼琴家少嗎？』

『因爲男孩子彈琴比較棒？』他笑笑說。

她戳了戳他的鼻子，說：

『因爲，一個女孩子在不同的城市間奔波演奏，是很孤單的。』

『以後無論你去哪裡，我都陪在你身邊。』他說。

在那個浩大而高遠的寒夜裡，她眼裡溢滿了淚水，蜷縮在他懷中，想著遙遙遠遠的未來。人生是個過程，自有其前進的齒輪，但她何其幸福！她深愛的人願意成爲她背後的動力。

9

李瑤回到香港的第二天，接到夏綠萍的死訊。夏綠萍患的是肺癌。她並沒有告訴身邊的親人和朋友。做手術切除體內癌細胞的那天，她是一個人進去醫院的。主診醫生蘇景志是她的老同學。進去手術室之前，蘇景志很認眞的問夏綠萍，要不要通知甚麼人。

『如果我沒有醒過來的話——』她疲倦地微笑。

夏綠萍在手術後醒來，拒絕了隨後的化療。

『我不希望彈琴的時候，我的頭髮會一大把一大把的掉在琴鍵上。』她虛弱地說。然後，她又說：『而且，你和我都知道這是沒有用的。』

出院的那天，蘇景志堅持開車送夏綠萍回去。下車的時候，她問：

『還有多少時間？』

他黯然地告訴了她一個非常短暫的時間。

她淒涼地笑了：

『還可以吸雪茄嗎？』

蘇景志笑了笑，說：

『如果我是你，我不會放棄這種好東西。』

回家之後，她一如往常地生活。一天夜裡，疼痛折磨著她。她爬起床，走出客廳，擰亮了鋼琴旁邊一盞昏黃的燈，坐在那裡，點起一支雪茄。

她顫抖著吐出一個煙圈，這支煙像嗎啡一樣，暫時麻醉了她的痛楚。五十年的時光一晃而過，她手裡夾著煙，用琴鍵撫愛回憶。同樣一支小夜曲，二十年前有人爲她彈過，她曾經撕心裂肺地愛過那個男人，此刻都成爲往事。時間偉大而漫不經心地重新安排人與地，她曾經以爲，當她年老，有一天，她和他會在這個城市重逢，他溫柔地問起她的近況，就在那一瞬間，所有的微笑和痛苦都盈盈在眼前，卻又流轉如飛。惟有愛情，始於如此的興奮與渴望，又終於如此的挫敗與荒涼。

她那雙枯瘦的手在琴鍵上散落如雨，最後，她倒在那台她心愛的鋼琴前面，沒掉過一根頭髮。她手裡的煙還沒燒完，像那支低迴了二十年的小夜曲，縈繞在她身畔。

10

李瑤陪著夏綠萍的靈柩到墓地去。送葬的行列中，一個穿黑色大衣的年輕女人不時朝她微笑。

離開墓地的時候，這個女人走到李瑤身邊，自我介紹說，她名叫林孟如，是夏綠萍以前的學生，算起來是李瑤的師姐了。林孟如現在是一家跨國唱片公司的高級職員。李瑤知道這家唱片公司，他們做的音樂很有水準。

林孟如稱讚李瑤在教堂裡彈的那支『離別曲』實在彈得太好了，然後，她問李瑤會不會有興趣作曲。

李瑤現在跟媽媽住在一幢租來的小公寓裡。爸爸留下來的那間大屋已經賣掉了，用來還債。她正需要一份工作。

她用家裡那台她八歲之前用的山葉鋼琴寫了兩首歌。那天，她帶著曲譜去找林孟如。林孟如剛好搬到新的辦公大樓去。搬運工人在外面團團轉，林孟如從一堆亂糟糟的東西裡找出一部電子琴，橫放在兩排疊得高高的唱片上，跟著曲譜試著彈她寫的歌。

她緊張地望著林孟如，雖然她以前在學校學過作曲，但作的都是古典曲，流行曲還是頭一遭。寫得好的話，她說不定可以拿到一點錢，以後的生活也有個著落。

一邊彈的時候，林孟如望著李瑤，滿意地笑了。

李瑤鬆了一口氣，她從林孟如的笑容裡看到了一種肯定。

林孟如挪開了琴，跟李瑤坐在辦公桌上喝咖啡，然後，她問李瑤會不會有興趣自己來唱那兩首歌。

『相信我，你會成名的。』她跟李瑤說，她的語氣是那麼肯定和充滿信心。

11

李瑤是一定要成名的，林孟如在心裡跟自己說。她以前在一家規模比現在小的唱片公司工作，但她還是做出了很不錯的成績。一年前，她被高薪挖過來。一向高傲的她，以爲可以更上層樓。可是，一年下來，她連一張像樣的成績單都交不出來。跟她同級的另外兩個人，手上都有一、兩張王牌，幫公司賺了大錢。老闆雖然沒說甚麼，但她的前途是押在這裡的。李瑤的出現，是她的希望。她很相信自己的眼光，以李瑤的條件，要竄紅是毫無困難的。

李瑤的命運同時也是她自己的命運。她要不惜一切把她捧成一顆閃耀的明星。唯一令她擔心的，是這個女孩子對於當歌手這件事看來並不很熱中。她了解這些學古典音樂的人，她們心裡有太多複雜的情結。於是，她換了一種方式跟李瑤說：

『我們一起來做一些好音樂吧！』

12

李瑤並不像一些學古典音樂的人那樣抗拒流行，流行音樂有個好處，就是普及。音樂是個旅程，每個人也許都曾經被一支流行曲深深地感動過。這支歌陪著他們成長，也陪著他們老去，然後，在人生某個不經意的時刻，同一支歌會喚回了所有的往事。

在倫敦的時候，她和望月經常躲在宿舍房間裡偷偷聽『辣妹』，兩個人還學著辣妹的唱腔，把睡裙撩到大腿上，跳著性感的熱舞。她只是沒想過會站在舞台上唱歌。

這個女孩子從來不需要選擇自己的命運。三歲那年，媽媽發現了她的音樂天分，把她送到夏綠萍那裡學琴。八歲那年，她拿了獎學金去英國。在她年輕的生命裡，最沉痛的打擊是父母離婚，那也不是她可以控制的。

然後有天，命運把她送回來她出生的地方，童年那些無憂的日子已經遠遠一去不可回了。

此刻，命運又向她招手，而且是在她老師的墓地裡。她從未了解命運的奧秘，然而，當機緣之鳥翩然降落在她的肩頭上，她不禁再三回首。或許，她可以做一些好音樂，這些音樂將來會成爲別人的回憶，喚回生命中美好的時光。而且，她還能賺一點錢，救救她那個太任性的媽媽。

13

林孟如帶著李瑤寫的歌去找一個人。她走進一間位於一幢大廈二十樓的錄音室。錄音室裡，有個男人蜷縮在一張短沙發上睡覺，身上穿著一件黑色毛衣。林孟如坐到他腳邊，拍了拍他的大腿。男人矇矇矓矓地醒轉過來。林孟如把曲譜遞給他，說：

『這兩首歌寫得怎麼樣？』

男人坐直身子，揉了揉疲倦的眼睛，一邊看歌譜一邊伸手去拿那杯放在旁邊的、涼了的咖啡。

『誰寫的？寫得不錯。』他呷了一口咖啡，說。

『是個女孩子。』她回答。

『她是甚麼人？』

『我的師妹，英國皇家音樂學院鋼琴系畢業。她的嗓子不錯，我想你捧紅她。』

『她長甚麼樣子？』

『很快你便知道。』她一邊說一邊幫他扣好毛衣上鬆開了的三顆鈕扣。

她和他之間有一種曖昧的餘情。

這個雙眼佈滿血絲，頭髮亂糟糟，鬍子沒刮，看來已經幾天沒離開過錄音室的男人名叫胡桑，在德國學音樂。他是她的舊情人。他監製過許多出色的唱片，名字一度炙手可熱。曾幾何時，她爲他的才華傾倒，他們深深地相愛過。

七年前，他爲她離開了太太和兒子。那時，她才二十三歲，他三十三。她終於得到她想望的男人；可是，得到了，又是另一回事。愛在生活裡流逝，在期待落空的每一個瞬間流逝，也隨著她的成長而流逝。

他不再是她心中那個神聖而高大的形象，不再是一個遙不可及的情人。從前，她總覺得自己配不上他，她得不斷進步以免跟他距離太遠。後來卻發現，不進取的那個人是他。終於她明白，她需要的，是這個男人的缺席，而不是他的在場。

她知道惟有胡桑能幫李瑤，李瑤需要他，他也需要李瑤。他的事業已經今非昔比了。

14

胡桑看著那兩頁歌譜，他沒想過對她說不。他深深地愛著面前這個女人，有些人注定是另一個人的死穴，林孟如是他的死穴。分手四年了，他依舊像過去一樣愛著她，依舊在夜裡思念她。他甚至能夠爲她死，何況是要在事業上幫她一把？他聽說她在新公司裡並不如意。他太知道了，她好強的外表只是用來掩飾脆弱的自我，她老是懷疑自己不夠好，不值得愛，惟有不斷前進，才能證明自己的價值。

只要他還有一口氣，他會守護在她身畔。

15

這個時候，顧青和李瑤在一家印度餐館裡吃飯。她興奮地複述今天發生的事：林孟如喜歡她的歌，並且問她會不會有興趣自己來唱。如果她答應的話，他們會跟她簽約，然後出唱片，她可以做她自己喜歡的音樂。這意味著她將會成為歌手。

她好像期待顧青的意見；然而，他看得出來，她是期待他的支持。他也知道她需要一點錢來幫她媽媽還債，而她是不會接受他的援助的。

『為甚麼不試試看？』他做了她期待的事情。

她那麼有天分，能夠好好使用，才沒有白活一場。

『我能夠為你做些甚麼？』他問。

顧青現在在家族的銀行上班，他姊姊顧貽和顧雅也是在銀行裡工作。顧貽是個工作狂，是爸爸最得力的助手，顧雲剛最疼她。顧貽談過幾段戀愛，如今還是獨身。顧雅只比顧青大一年，顧青從小就覺得她是家裡最聰明的孩子。然而，人太聰明了，便難免會迷失。她很多時候不知道自己想要追求一些甚麼，她剛剛和相戀兩年的男朋友分手。

顧青的媽媽最疼他，顧青到銀行上班，也是爲了媽媽。這個善良的女人雖然放洋留學，骨子裡卻很傳統。她相信人生有許多責任。爲人女兒，爲人妻子，爲人母親，都是她的責任，她總是害怕自己做得不夠好。

在自己家族的銀行上班，時間比較容易控制。那麼，他便可以爲李瑤處理一些事情。結果，李瑤跟唱片公司的合約是他去談的，他成了她的經紀人。

16

李瑤的唱片在四個月之後推出，那是一張很有水準的唱片，甚至有評論說，這張唱片是胡桑近年的代表作。唱片的銷量超過了他們預期的，李瑤的名字已經有人認識了。

名氣好像一夜之間湧來，幾乎令人措手不及，她忙著爲事業奮鬥。

今天晚上，李瑤要出席電視台一個現場直播的音樂節目。顧青一個人在家裡，看到了在電視螢幕上出現的她。李瑤穿著傅芳儀爲她搭配的衣服，品味出眾。她一邊彈琴一邊唱歌，她是那麼漂亮，甚至比以前更漂亮了一些。一種不安忽然壓在顧青心頭。在倫敦的日子，除了天氣偶然令人沮喪之外，生活是那麼簡單和平靜，彷彿是可以過一輩子的。時光已經永難復回嗎？鋪在李瑤腳下的，是顧青從來沒有想過也沒法想像的一種人生。他會從此失去她嗎？

然而，很快地，他這種想法受到了自己內心的譴責。如果他對一個人的愛是足夠的，爲甚麼會害怕她成功？難道他不希望她成功嗎？從認識她的那天開始，他便知道她不會是個平凡的女孩，他比任何人更早地發現她的優秀。這一刻，他不是應該感到驕傲嗎？

假使他注定要失去她，那麼，他至少是無愧的。他們一起走過了倫敦的夜色，他知道，以後的夜色也許都不一樣了。然而，每一個改變，都是通向一次考驗，正如今天晚上，她不在身畔，但他發覺自己比往昔更愛她。

人的生活就像作曲，每個人在自己生活的樂章裡都有一個永恆的位置，他願意和她一起譜寫他們共同的那支歌。

17

韓坡沒有回去巴黎，那天在渡輪上，他遇到一個人，改變了他的計劃。那人是他的舊同學魯新雨。魯新雨在一行座位裡發現了韓坡，他走上去跟他打招呼，兩個人拉雜地談了一些往事。魯新雨記得韓坡以前很受女生歡迎，而且很會做生意。韓坡不知從哪裡弄來一些冒牌名牌皮件，賣給那些愛慕名牌又買不起眞貨的女生。他還收集同學們的舊唱片，拿去二手唱片店轉賣，自己收一些車馬費。

韓坡窘困地笑了，這些事，他都不記得了。那時爲了賺點零用錢，減輕舅舅的負擔，他做過很多兼職。

『你有興趣做唱片店嗎？』魯新雨忽然問。

然後，魯新雨告訴韓坡，三年前，他開了一家唱片店，賣新唱片，也賣二手唱片。這家店的規模雖然小得可憐，但是從一開始便賺錢了。現在，他很想把這家唱片店送給別人。三個月來，他一直找不到合適的人，他平日是坐地下鐵上班的，今天很偶然的搭渡輪，竟然遇上韓坡，而韓坡以前也幫同學賣過舊唱片，看來他是最適合的人選了。

韓坡著實嚇了一跳，怎麼會有人把一盤賺錢的生意無條件送給他呢？

這個時候，魯新雨帶著一抹幸福的微笑說，他女朋友下個月便要去西班牙，她會在那邊逗留一年學西班牙語。他答應了陪她一起去，他不放心她一個人。他又補充說，她是個很好的女孩：聰明、迷人，很特別。他走了，唱片店便沒人打理，反正賣出去也賺不了多少錢，他想到要送給一個人。

韓坡沒答應。

魯新雨堅持要他再考慮一下，並且跟他約好隔天在唱片店見面。

隔天，韓坡去了唱片店，那家店小得只能讓幾個人同時擠進去，生意卻還不錯。然後，那個女孩來了，韓坡看見她，不禁有點詫異。她只是個很平凡的、長著一雙大耳朵的女孩。愛情或許都是大近視，我們愛上惟有我們才覺得無與倫比的人，那是一種視覺的偏差。

三個人去吃飯的時候，魯新雨坐在大耳朵旁邊。大耳朵的話很少，一直低著頭看書，魯新雨不時提醒她說，菜涼了，先吃一點吧。這個時候，大耳朵會抬起頭來，朝她男朋友柔情地微笑。韓坡被這種感情打動了，答應替魯新雨暫時管理唱片店，而不是做爲一份禮物。

『一年後你回來，我便還給你。』韓坡說。

他想，或許可以利用這一年時間賺點錢，再去任何一個地方，除了巴黎。他突然對巴黎的豬腳感到一股嫌惡。這天晚上，魯新雨剛好點了一客蜜汁火腿，和大耳朵兩個人吃得很滋味的樣子。

18

於是，韓坡留了下來，四個月後，他在唱片店裡看到李瑤的唱片。這張名爲『遙遠』的唱片，是李瑤自己作曲的，裡面收錄了她的鋼琴獨奏。唱片風格介乎古典和流行之間，看得出是很有野心的嘗試。唱片封套上，李瑤穿著一襲無袖的白色絲襯衣和黑色西褲，靠在一台亮晶晶的史坦威鋼琴前面，一副自信滿滿的樣子。

她出落得比以前更清秀了，只有一雙眼睛依舊淘氣又明亮，跟小時候的她沒有兩樣。他以爲李瑤有天會成爲鋼琴家的，怎麼一夜之間成了歌手？他把那張唱片放在店裡最顯眼的位置，整天播她的歌。只是，就跟那張唱片的名字一樣，他和她，已經太遙遠了。

第 3 章

重逢與遺忘

時間是一種感知，
對每個人也許都不盡相同。
快樂的時間是短促的，
等待的時間是漫長的，
一切會隨著情境而有了自己的速度。

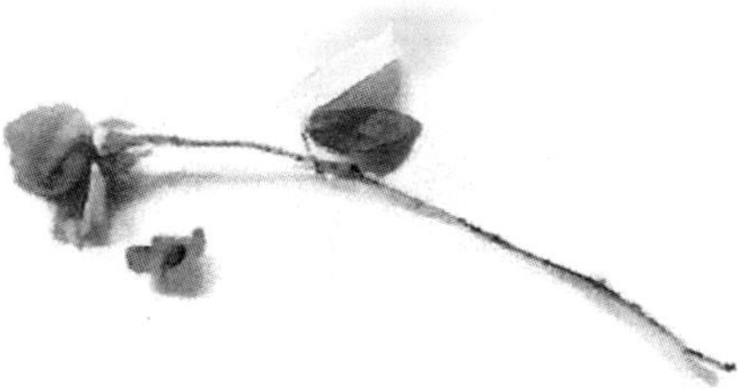

張小嫻

1

一開始就是一個壞日子。韓坡大清早接到舅母的電話，提醒他別遲到，這天是他父母的忌辰。他掛上電話，醒來又滑回睡眠，以致當他再度醒來時，已經遲了。

他匆匆趕到墓地去。他的父母死於二十年前的這一天，埋在同一口墓穴裡。二十年來，徐義雄每年的這一天都一定率領一家人來拜祭。韓坡只有在去了歐洲的那三年才缺席。

他來到墓地的時候，表妹徐幸玉朝他拋了個眼色，又望了望她爸爸的背脊。韓坡就是怕看見他舅舅，怕他的嘮叨和責備的神色。現在，徐義雄臉上又出現了那種神色，知道了韓坡還在賣唱片之後，他說：

『爲甚麼不正正經經找點事做？』

徐義雄不知道他這個外甥腦子裡想些甚麼。他大學畢業之後，在補習學校教了九個月英文，便去了歐洲，像個寄失了的郵包似的，幾乎是下落不明，三年後才又打回頭。

他這個人太不進取了。他有多麼不進取，徐義雄就覺得自己有多麼愧對姊姊和姊夫。他可是盡了心去教養韓坡的，他把他當作自己的親生兒子看待，把他供到大學畢業，以爲他會好好爲前途打算，誰知道他甚麼事都好像漫不經心似的，枉費了自己的一番苦心。遺傳就是這麼奇怪的事情，韓坡終究還是像他爸爸，即使韓維澤在二十年前的這一天就從兒子的生命中缺席。

韓坡一直默不作聲，他很少跟舅舅說話。他尊敬舅舅，可他們是用兩個不同頻道思考的。

2

離開墓地的時候，徐幸玉把一個小小的蛋糕盒放到韓坡手裡。明天是他的生日，她買了一片蛋糕給他。

『別忘記吃啊！』她用手指托托臉上那副大眼鏡說。

她要趕回去上課。她是醫學院四年級的學生，聰慧、好學、善良又爲人設想，只有她沒枉費徐義雄的苦心。她長得像她媽媽，不算漂亮，卻惹人好感。

韓坡拎著蛋糕，沿著墓地外面的街道走去，忘記走了多遠。

父母在他的記憶裡已經漸漸模糊了。那塊老舊的白色大理石墓碑是時間玄秘的飛逝，提醒他，他曾經是某個人的兒子，曾經有個人把他抱到心頭；只是，能夠這樣做的人已經遠去，躺在一口墓穴裡。

他走路時幾乎視而不見，所以他幾乎走過了她的身邊，直到他感到自己的臂膀被人戳了一下，他才回過神來，看到了她。但是她已經在遠處就認出他了。她走到他身邊，露出一抹驚訝的微笑，說：

『你是韓坡嗎？』

『我幾乎認不出你來！』他抱歉地說。但這是個謊言，他看過她的唱片，即使沒看過，也不會忘記她的容貌。他只是對這樣子的重逢有點措手不及。

她問他要去哪裡，他回答說沒甚麼事要做。她問他知不知道夏綠萍過身了，他點了點頭，說自己當時在巴黎，沒法趕回來。既然他沒地方要去，她提議找一家咖啡店坐下來，她知道附近有一家很不錯的，那裡有非常出色的義大利咖啡。

他走在她身邊，近乎難以置信地看著她。在一個微小的時間裡，一種屬於以前的時光忽然重演如昨，卻都成了斑駁的記憶。

3

這本來是不愉快的一天。大清早，李瑤在一本雜誌上讀到一篇關於她的評論，那是由一位很權威的樂評家寫的。對方在文章裡毫不留情地抨擊她這個學古典音樂出身的人，不好好去彈她的鋼琴，反而在舞台上賣弄色相，簡直是古典音樂的一種淪落。在文章的結尾，對方還嘲笑她寫的歌實在媚俗得可以。如果不是靠著幾分姿色，誰會買她的唱片？

顧青出差去了，她懲著一肚子的委屈離開公寓，想要吸一口善良的空氣，於是，她想起了附近有個墓地。

走過墓地的時候，她遠遠看到一個兒時的相識。一種溫暖的感覺從她心頭升起，她滿懷高興地走到他身邊，戳了他一下。他回過頭來，神情有點詫異。

4

『我變了這麼多嗎？』她問。

『你一點都沒變。』他說。

『我寫過很多信給你，你一封都沒回。』她微笑著抱怨。

『我太懶惰了！』他抱歉地說，低頭啜飲了一口咖啡。

這又是一個謊言。

他沒回信，因爲他太妒忌她了。

他輸了那個比賽，鋼琴也從他的生活中告退。他從來沒有想過，在他們兩個人之間，只有一個人能夠繼續往前走。李瑤從英國寄回來的每一封信，都是對他無情的折磨，提醒他，他不是那個幸運兒。

他曾經多麼嚮往成爲鋼琴家！八歲之前，他的生活和鋼琴，就像音樂和弦上的音符一樣共同存在，而命運卻把他們硬生生地分開了。他恨自己，也恨李瑤。如果是另一個人贏了，他會好過一點。

李瑤臨走之前，打了好幾通電話想要跟他道別，他都假裝生病，沒有接電話。一天，避無可避，他拿起話筒，用一種亢奮得近乎異樣的聲音說，他正在踏單車，聽起來好像他完全不在乎。

『你明天會來送機嗎？』她在電話那一頭問。

『不行啊！我明天要上學。』

『你記得寫信給我啊！』她叮囑。

後來，他一封信也沒寫。而其實，他曾經多麼喜歡李瑤。

第一次到夏綠萍家裡，他彈完了一支歌，李瑤在後面用手指戳了他一下，他笨拙地朝自己身後看去，看到她站在那裡，一張臉紅紅的，朝他燦然微笑。不知道爲甚麼，他也笑了。那是爸爸媽媽走了之後，他第一次笑。

他那天彈的，是媽媽生前常常彈的『遺忘』。媽媽喜歡把他抱在膝蓋上，一邊彈一邊唱，那是一支悲傷的歌。媽媽從來沒有跟老師學琴，她是自己跟著琴譜彈的。媽媽也沒教過他怎麼彈。

那天在夏綠萍家裡，夏綠萍叫他隨便彈一支歌，他緊張得對著琴鍵發呆。時間變得愈來愈漫長了，一種熟悉的音調突然從他心中升起，就像媽媽再一次把他抱到懷裡，握著他的小手，放到琴鍵上，鼓勵他默默背出每一個已經深深刻在他記憶裡的音符。原來，人的靈魂從不會遺忘。

就在那個時間裡，他回頭看到李瑤，她就像一個詩意的音符，跟逝去的媽媽和他最愛的鋼琴融化在一起，喚回那種溫暖的懷抱。

雖然李瑤輸了他也不可能贏，但是，她贏了，把他丟下，在那個時候，就是對他的背叛。

5

她幾乎不會知道，在韓坡心中，她是那個背叛了這段友情的人。

到了英國之後，她寫過很多信給他，一直寫到十一歲。在知道爸爸媽媽離婚的那天夜裡，她躲在被窩裡，靠著手電筒的一圈亮光，照亮信紙，寫了一封很長的信給他。這一次，他依然沒有回音。她沒有再寫了。

起初，她以爲那些信寄失了，又或者是他已經搬家；可是，她很快記起，韓坡的舅舅是個郵差。

她漸漸相信，韓坡已經把她忘了。

6

提到近況的時候，她才知道韓坡已經放棄了鋼琴。

『爲甚麼？』她詫異地問。

他聳聳肩：『就是不再喜歡了。』

雖然他看起來滿不在乎，但她猜想是那次比賽挫敗了他。

她並不想贏，她家裡有能力送她出國深造。她希望韓坡能夠贏，那麼，他們便可以一起去英國。

她一直覺得韓坡比她出色。他家裡連一台鋼琴也沒有，他平時用來練習的，是他舅舅買給他的紙印琴鍵，就是一種把琴鍵印在紙上的東西。他把琴鍵鋪在飯桌上，彈的時候完全無法聽到聲音，只能想像。

在那個寂靜的世界裡，他卻奏出了最響亮的音符。他是個天才。

她忽然對他感到無限的同情。

7

『這又有甚麼可惜呢？畢竟，人生除了鋼琴之外，還有其他。』他再一次聳聳肩，呷了一口咖啡說。

李瑤問起他近況的時候，他很輕鬆的說，他現在幫朋友暫時打理一家唱片店。

『那你一定知道我出唱片了，你覺得怎樣？』她熱切地期待著他的回答。

『很好，眞的很好。』他回答說。

多少年了？改變的不是李瑤，而是他。李瑤知道他在巴黎混過，於是問起他知不知道有一家豬腳餐廳？她去巴黎的時候，在那裡吃過飯，有個來自波蘭的琴師在那裡彈琴，彈得不錯。

他無法坦白告訴她，那個時候，他就在咫尺之遙的廚房裡洗盤子。只要他剛好走出廚房去，他們便會相逢。

幸而，他錯過了。

曾幾何時，他們只是隔著一個英倫海峽，卻也隔著天涯的距離。

8

『你不覺得像那篇評論說的，我是在賣弄色相嗎？』她問韓坡。

他咯咯地笑了：『如果我有色相可以賣弄，我也不介意。』

『你也有一點色相的！老師就比較疼你。』

『異性相吸嘛！』

『可惜你趕不及參加她的葬禮。』

『人死了，不是躺在一口墓穴裡的。』他說。

他們懷了一個早上的舊，那篇惱人的評論已經變得微不足道了。跟整個人生相比，它又算得上甚麼？

臨別的時候，她叮囑他以後要常常聯絡。

『這次別再把我忘了！』她說。

9

他不會忘記兒時那段幸福的時光。

一個陽光燦爛的夏日，當他和李瑤來到夏綠萍家裡的時候，見到夏綠萍頭上戴著一頂闊邊草帽，臂彎裡穿著三個救生圈，雀躍地說：

『今天天氣這麼好，我們不要上課了，我們去海灘！』

夏綠萍駕著她那部白色跑車載著他們到海灘去，一路上，車裡那台電唱機迴盪著瑪丹娜的『宛如處女』，他們三個跟著音樂興奮地扭動身體。

在海灘附近的商店裡，夏綠萍幫李瑤揀了一套粉藍色的三點式游泳衣，他自己拿主意挑了一條小鹿斑比的游泳褲。

他們三個都不會游泳，於是各自坐在一個救生圈裡，那是他們的小船。在近岸的水面上，他們用雙手代替船槳划水。

後來，他們趴在沙灘上曬太陽、吃冰棒。他偷偷把李瑤丟棄的那支冰棒棍子藏起來，放在枕頭底下，在夜裡吻它。

10

窗外月光朦朧，在他那間狹小的公寓裡，韓坡正在讀一本書。這本書是夏綠萍死後留給他的，美國存在心理學家羅洛．梅著的《自由與命運》。

那天，夏薇把書交到他手裡。他一直想，老師爲甚麼送他這本書呢？她自己何嘗不是擺脫不了命運的荒涼，最後孤單地死在她心愛的鋼琴前面。

這些日子以來，他把書讀了一遍又一遍，驚異地意識到夏綠萍的一番苦心。她好像站在遠處，朝他微笑，祝願他重新了解命運的深沉。命運並非指偶然降臨在我們身上的厄運，而是對於人類生命有限性的接納與肯定，承認我們在智力及氣力上的限制，並永無止境地面對自身的弱點和死亡的威脅。

命運的精彩就是有種種限制，有勇氣去衝破這些限制，便是做爲一個人的自由。

他曾經埋怨命運使他變成孤兒，然後，又奪去他的鋼琴。他或多或少因此放逐自己，而今才發現那些並不是自由，而是逃避。

夏綠萍雖死，猶在鼓勵他。她比任何人都要了解這個孩子。

比賽前一個月，夏綠萍把他接到自己家裡住，好使他可以用一台眞的鋼琴練習。輸了那個比賽之後，他沒有再到夏綠萍那裡去。夏綠萍來找過他兩次，他兩次都躲起來，沒有爲自己爭取過一些甚麼。夏綠萍也沒有再來了。

他最後一次見她，是站在窗前，看著她失望地離去的背影。那天下著雨，她穿一身黑色的衣服，撐著一把紅傘，就像第一次出現的時候那樣。

她從雨中來，又從雨中去。這不是她的命運，而是韓坡自己的命運。他張開了翅膀卻沒有飛翔。

十六年來，夏綠萍的一雙眼睛一直沒有離開過他。當生命的弦線將斷，她爲他留下了自由之歌，只待他自己去吟唱。

11

韓坡把書合上，想起他兒時擁有過的一套書，同樣是禮物，而且，最後都成了死者的禮物。

車禍之後，警察在他父母的屍體旁邊找到一套書，那是一套共十二本的《姆明童話》故事書，芬蘭作家朵貝・楊笙的作品。回程的時候，他的父母走上了另一條路，沒能帶著這份冒雨出去買的生日禮物回家。

書的扉頁上，有他媽媽的筆跡。

給我親愛的兒子：

歷險、迷失、挫折和淚水，本來就是人生的一部分。

願你生命中永遠有童話和烏托邦。

四歲生日快樂！

媽媽

兒時，數不清多少個孤單的夜晚，當他思念起爸爸媽媽的時候，他躲在被窩裡，藉著手電筒的微光，一頁一頁的重讀這套他已經忘記讀過多少遍的書。有時候，他翻到其中一頁，啜泣起來，又睡著了。醒來的時候，發覺那一頁淚濕了一大片。

八歲以前，他想像自己是姆明，李瑤是哥妮，是他女朋友。八歲以後，哥妮走了，他也不再是姆明，而是成爲了流浪者史力奇。他迷上了那個浪蕩的身分，相信自己也會流浪天涯。孤單的心靈藉著比喻的綠橋來撫慰自己。這套童話陪著他成長，是他橫渡時間的小舟。

從《姆明童話》到《自由與命運》，多少年了？原來他從未領會自由。

他的哥妮回來了。凍結在時間裡的許多東西，因距離而照亮。青春驅散了童年，但驅散不了從前的比喻和依戀。

李瑤在他心中漾了起來，就像窗外朦朧的夜，朦朧的月。

12

『我今天在街上碰到韓坡，他回來了！』李瑤在電話那一頭說。

『喔，是的，我兩個月前見過他，但是那陣子太忙，忘記了告訴你。』夏薇說。

李瑤似乎相信了她的說話，還跟她說好改天三個人要一起吃頓飯。她愉快地答應了。

掛上電話之後，夏薇猷在自己的公寓裡，久久地望著她養在魚缸裡的一條泡眼金魚。

她以爲李瑤遲早會知道韓坡回來了，卻沒想到那麼快。

葬禮之後，有一天，她去找韓坡的舅舅打聽韓坡的消息，知道他回來了。她滿懷高興地跑去找他。來到唱片店時，她看到韓坡站在櫃台旁邊，身上穿著綠色的棉衣和牛仔褲，腳上踩著一雙布鞋。兒時有一次，在夏綠萍家後面的山坡，韓坡走在前面，她在後面追他。他跑得太快了，腳上的一隻布鞋飛脫了出去，她被那隻鞋絆倒，跌了一跤，滾到山坡下面的一個臭水溝裡。她以爲自己會被水淹死，就在那一瞬間，她看到一雙只穿了一隻布鞋的腳站在上面，原來韓坡回頭找到了她。他把她拉了上去。

重逢的這一天，他也是穿著布鞋，像是一個從她童年往事中走出來的人，時光的青鳥翩然回歸。

他說她變漂亮了，她說他還是老樣子。她把夏綠萍留下的一個小包包交給他。

他打開來看，裡面是一本叫《自由與命運》的書。

他請她去吃飯，他們度過了一個愉快的晚上，還提到她那次滾下山坡的事。韓坡問起李瑤，那一刻，她突然害怕李瑤會成為他們之間的障礙。於是，她撒了個謊，說自從葬禮之後，已經沒見面了。

13

她非常妒忌李瑤。李瑤擁有一切，她出身好，長得漂亮，而且總是那麼幸運，她的際遇好得令人看見了心裡不由得發酸。在李瑤身邊，她顯得多麼寒傖。

夏綠萍雖然是她的姑母，但夏綠萍眼中只有韓坡和李瑤。她的八級鋼琴是一級一級考回來的，不像李瑤和韓坡那樣天才橫溢。她從來就不是個突出的孩子。中學畢業之後，她考上教育學院，現在是一名小學教師，在自己的母校教音樂。她嚮往這份工作，只想保有自己小小的幸福。

小時候，他們三個常常玩在一起，然而，韓坡和李瑤比較要好一點。有一年，李瑤在家裡舉行生日會，那天來了好多小孩子和大人。吃蛋糕之前，李瑤問韓坡要不要去她的房間看看，夏薇聽見了，也跟著去。

李瑤的房間像是公主的寢宮，那張鋪上粉紅色床單的彈簧床兩邊綁滿了蝴蝶結。李瑤和韓坡趴在上面聊天，她跳上床去，擠進他們兩個之間那道小小的縫隙裡。

今天，她卻害怕李瑤擠進她和韓坡之間。

那個愉快的晚上之後，她爲沒有告訴李瑤韓坡回來了而感到內疚；然而，好多次，在電話那一頭聽到李瑤的聲音時，她提不起勇氣說出來，時間耽得愈久，她愈不知道怎麼說，也不知道怎麼解釋，惟有當作忘記了。

她告訴自己，李瑤已經擁有那麼多，她才不會在乎韓坡，何況她已經有顧青了。可是，那她又爲甚麼不告訴李瑤呢？

她默默地望著缸裡那條泡眼金魚，是她去年生日買給自己的禮物。她忽然覺得自己有點兒像牠，因爲妒忌的緣故，她的眼睛下面長出了兩個像氣球般的水泡，成了一種負擔。人要是不會妒忌，那該有多好。

14

夏薇又去買了一條金魚。她提著金魚去唱片店找韓坡。

『送給你的！』她把金魚拎到他面前。

『泡眼金魚？』他接過那個透明膠袋，裡面那條金魚正在轉彎，兩邊水泡看起來好像不太對稱。

『你養過金魚嗎？』

『小時候養過。』

然後，她漫不經心地說：

『李瑤打電話給我，說前幾天碰到你。她說看看甚麼時候，我們三個人一起吃頓飯。』

『哦，好的。』他說。

『不知道她會不會帶顧青來呢？我還沒見過他。他們在英國認識，他是劍橋畢業的。』

她偷偷瞄了瞄韓坡，他的神情沒甚麼特別。看見他臉上沒有反應，她望著那條泡眼金魚說：『牠很容易養的。』接著，她又問：『李瑤的唱片賣得好嗎？』

『還不錯。』

『那便好了！一定要她請吃飯！』她一邊幫韓坡整理唱片一邊說。

『你家裡有魚缸嗎？』她忽然問。

韓坡搖了搖頭。

『我眞是的！我該送你一個。』

『我待會去買。』

『我去買好了，反正我沒事做。』

她走了出去，在水族館挑了一個跟她家裡那個一模一樣的大肚魚缸和一些飼料。她抱著魚缸，歡快地穿過漸深的暮色。想到把一個生命放在韓坡身邊，是意味著甚麼的，她盈盈地笑了。

15

李瑤和顧青去看了一場電影。電影不怎麼樣，但是配樂很出色。

散場的時候，李瑤圈著顧青的臂彎，走在夜色裡。

『如果我也能夠寫出這種音樂，眞是太好了！』李瑤嚮往地說。

『我看過你媽媽公司去年的帳目。』顧青說。

『怎麼樣？』她緊張地問。

『負債的比率太高了。』

『我勸勸她吧！』

『有沒有想過賣出去？』

『不行，這是她的生命！』

『我明白。』他笑笑說：『她是個藝術家。』

『那我呢？』

『藝術家的女兒當然也是個藝術家，都很可怕！』

『可怕？』

『太追求完美。』

『你不追求完美的嗎？我以爲你是追求完美所以才會喜歡我的啊！』她的頭擱在他的肩膀上，笑了起來。

『我們做銀行的，都很俗氣。』

『你才不是！』

停了一會，她說：

『我可以怎樣幫韓坡？』

『你是說以前跟你一起學琴的那個男孩子？』

『其實他算是我的師弟啊！我比他早一年跟老師學琴的。』

『你贏了不是你的錯。』

『可是，他因此而放棄了鋼琴！你沒聽過他彈琴，他彈得比我好。以他的才華，是不需要這麼浪蕩的。』

『好了，我們現在去甚麼地方慶祝？』顧青忽然說。

李瑤愣了愣：『慶祝甚麼？』

他神秘地笑笑：『你將會爲一齣廣告片配樂。』

『眞的？』她難以置信地望著他，『你爲甚麼不告訴我？』

『合約是黃昏時剛剛簽好的。你負責配樂，喔，當然了，還要麻煩你當女主角！』

『是甚麼產品？』

『衛生棉。』

李瑤顯然有點失望。

顧青看了看她，咯咯地笑。

『衛生棉也很好啊！不過幫衛生棉配樂就比較傷腦筋！』她皺起鼻子說。

『是手錶！』顧青終於說。

他又補充說：

『而且製作費很高。』

她戳了戳他的臉：

『你好可惡啊！』

他捉住她的手，一邊走一邊說：

『酬勞不是太高，但這是個好機會。我知道沒有錢你也會做，如果因為不滿意那個酬勞而幫你推掉的話，你會恨我一輩子。』

『你談了很久嗎？』她問。

『一個月了！我跟林孟如說好不要告訴你的。其實，酬勞也算不錯的了，跟我心中的數字相去不遠。』

『你是怎樣做到的？』

『這是我的謀生伎倆，否則我怎麼念財務？我不是藝術家，我只要有限度的完美。』

夜已深了，李瑤擁抱著自己的幸福時，不免想到韓坡。去英國之前，她問韓坡會不會來送機，他說不來了。那天在機場，她一直等一直等，希望他最後會出現，他始終沒有來。媽媽催她上機，她回頭看了許多次，知道他不會來了。

飛機爬到半空，在群星之上高高飛翔的時候，她問媽媽：

『韓坡爲甚麼不來？』

傅芳儀微笑說：『他心裡不好受。』

去了倫敦之後，她寫了很多信鼓勵他繼續學琴，韓坡一封也沒回。此刻，她忽然明白，她的鼓勵，是一種炫耀。雖然她用意並非如此，但她終究是不自覺地炫耀了自己的幸福。

走過一家義大利家具店的時候，她看到玻璃門旁邊有個圓柱形的魚缸，在昏暗的夜色中閃閃發亮。魚缸裡面養了很多條泡眼金魚。她的鼻子貼著玻璃，定定地看著其中一條泡眼金魚。韓坡看到她那些信時，大概也會氣成這個樣子吧？兩隻眼睛都長出了沉甸甸的氣泡。

她贏了不是她的錯，但是那些信是多麼笨拙和殘忍？虧她還以爲那是出於友情而寫的。

16

簽好合約之後，顧青和林孟如一起離開律師行。

『你打算甚麼時候告訴李瑤？』林孟如問。

『我約了她今天晚上看電影。』他說。

『從沒見過有人這樣談合約的，本來是人家佔上風，到頭來變成是你佔上風。下次我想加薪的時候，一定請你當我的經紀人，幫我爭取。』

『其實這個月來我也膽顫心驚。』

『他們喜歡李瑤的形象。這個廣告對她的事業很有幫助。』

『她最需要的是你，還有胡桑。』他誠懇地說，『我能爲她做的，比不上你們。』

『你知道嗎？』林孟如忽然說，『當她說要帶個人來跟我談出唱片的事，我是有點防備的，後來見到你，你清楚知道甚麼是對她好的，你很合理。』

他笑了：『因爲我不是個藝術家。』

『藝術家我認識許多，眞的沒幾個是合理的！』她搖頭嘆息。

道別的時候，她問：

『爲甚麼你會幫她接這個手錶廣告？起初的時候，另一個護膚品廣告提出的條件似乎更好一些。』

『她是個音樂家，這個廣告能讓她有更大的發揮。』

『我同意。』

把林孟如送上車之後，他走了一段路去買電影戲票。爲這齣好萊塢電影配樂的，是個大師級人馬，他知道李瑤會喜歡。

接下那個手錶廣告，因爲對方捨得花錢去製作。而且，手錶是他和李瑤的故事。相逢那天，各自抽到的錶殼和錶帶，就像一個線團，把他們緊緊地牽在一起。手錶，是時間永恆的見證，在他們之間尤其意味深長。因此，在和廣告商角力的過程裡，他多麼害怕輸掉？直到贏了之後，他才敢告訴她。

17

夜晚慢慢地降臨，林孟如靠在床上，搖了個電話給胡桑。

『李瑤的唱片做得很好，謝謝你。』

『那即是說，我沒有被開除，她下一張唱片還是會由我來做？』胡桑在電話那一頭笑笑說。

她對著話筒笑了。

她從來不曾懷疑自己的眼光。她把胡桑從她的愛情生活裡開除，但沒有把他從她的人生裡開除。他們之間有一種屬於靈魂的東西，就像一顆流星雖然已經燃盡，卻還有一種亮光在閃耀。寂寞的時候，她會想念從前的日子，驚覺時光的匆匆。可是，每一次，她會告訴自己，她已經不愛他了，她懷念的只是當時的自己。她感動的，是有一個男人曾經那樣寶貝過她。胡桑不是唯一和她睡過的男人，但卻是唯一一個她希望第二天醒來看到他就睡在身旁的男人。那個時候，她以爲幸福也不過如此。

18

他們三個終於約了這天見面。李瑤拿主意選了薄扶林道一家叫『銅煙囱』的小餐館，夏綠萍以前帶他們去過。第一次去的時候，夏綠萍跟他們講了一個故事。

『你們知道附近有個龍虎山嗎？』夏綠萍幽幽地說。

李瑤、韓坡和夏薇一邊用叉捲義大利麵一邊定定地望著夏綠萍。

『龍虎山發生過一宗很駭人的雙屍案，二十多年前的事了，是情殺！一對情侶被人殺死了，吊在樹上。』

他們三個嚇得魂飛魄散。

『人死了之後是去哪裡的？』後來，韓坡問。

『媽媽說是天堂。』李瑤說。

『天堂在哪裡？』夏綠萍問。

『在姆明谷？』韓坡說。

夏綠萍幾乎把嘴裡的麵條都噴了出來。姆明谷是《姆明童話》裡，姆明一族住的那個海灣。

『天堂是一組失落了的音符。』夏綠萍若有所思地說。

19

十數年了，他們又回到『銅煙囪』來。眼睛懷抱的，記憶會隨之撫觸。這裡似乎遺忘了時間的流逝，一切如舊，連那張紅格子桌布也跟從前一樣。

李瑤先到，一個人啜飲著檸檬水，然後是夏薇，她也要了一杯檸檬水。

『老師留給韓坡的東西，你有沒有帶來？』她問。

『喔，我前幾天經過唱片店時已經交了給他。』

『是甚麼來的？』

『好像是本書。』

『唱片店的生意好嗎？』

『還不錯，但他是幫朋友打理的，那個人還有大概半年便回來。』

『改天我也要去唱片店看看。』

『你千萬別去！那兒人很擠的，而且那個商場人流複雜，有很多賣色情小電影的店，聽說都是黑社會經營的。』

聽到夏薇這樣說，李瑤反而更想去看看。她想知道韓坡在個甚麼樣的地方生存。

20

『你們知道龍虎山就在附近嗎？』韓坡剛坐下來的時候，便故弄玄虛地說。

『龍虎山發生過一宗很駭人的雙屍案，是情殺！』李瑤朝夏薇笑了笑，然後轉問韓坡：『對嗎？』

『你還記得？』

『老師當時說得很可怕呢！怎會忘記？況且那天還有個人說天堂在姆明谷。』

韓坡窘困地笑了。

李瑤打開菜單，說：

『我們吃些甚麼？』

結果，他們同樣點了那裡最有名的羅宋湯和牛舌肉義大利麵。美好的味道幾乎沒有改變，把三個長大了的孩子送回去童年一段幸福的時光。他們談了許多事情。

她把帶去的一大袋舊唱片交給韓坡。

『反正這些唱片我很久沒聽了。』

韓坡翻出來看了看，說：

『都是些好唱片，有些已經絕版了，能賣很好的價錢。這些唱片你捨得賣嗎？』

她是故意把一些絕版唱片挑出來給他的。

『我家裡已經放不下了。你不要給我錢，請我們吃飯好了！』她說。

過了一會，她又問：

『你朋友回來之後，你有甚麼打算？』

『到時候再想吧！或者再去甚麼地方。』他聳聳肩，一副毫不在乎的樣子。

『沒想過留下來嗎？』夏薇補了一句。

『我習慣了四處去，哪裡都一樣。』他說。

她心裡想，熟土舊地跟遙遠的天涯，到底是不一樣的。初到倫敦的日子，每天艱苦的練習令她流過不少眼淚，一雙臂膀累得夢裡都會發疼。那個時候，她多麼想家；那個時候，她才知道甚麼是鄉愁。

爸爸媽媽離婚之後，她常常懷念從前那個幸福的家，這又是另一種鄉愁。十多年了，她終於習慣下來，忘記了鄉愁。後來遇上顧青，她對他一見鍾情，覺得自己好像早就跟他認識了，這難道不也是一種鄉愁？

所有的渴求，原來都是鄉愁。就像望月常常跟她說，故鄉的麵條是最好的，在異鄉孤寂的夜晚，她多麼渴望直奔東京，吃一碗最平常的拉麵，就心滿意足了。拉麵只是形式，鄉愁才是內容。內容注入了形式，化爲對一碗麵的嚮往。有一天，我們會不顧一切奔向朝夕渴望的東西，投向那個屬於故鄉的懷抱。

鄉愁是心底的呼喚，她不相信有人是沒有鄉愁的。

放在面前的一盤牛舌肉義大利麵，也曾經是她的鄉愁，在重聚的時刻，喚回了童年往事。

21

所以，當她看到韓坡在麵條上倒番茄醬時，她禁不住笑了。

他握住瓶底，瓶口朝下，迅速地甩動瓶子，像畫圓圈似的，在快要觸到盤子時又停下。於是，本來塞在裡面的番茄醬很輕易的就甩了出來。

也許他忘了，這種倒番茄醬的方法，是她教的。有一次，在這裡吃同樣的麵，韓坡猛拍瓶底，怎也倒不出番茄醬，於是，她站起來，很神氣地給他示範了一次。

這是媽媽教她的。

媽媽說，那是她年少時戀慕的一個男生教她的。那天，為了親近他，她請他去吃西餐。吃義大利麵時，她蹩腳地倒不出番茄醬，他教她這個方法。

數十年了，媽媽沒有再見過那個很會甩番茄醬的男生。他的一些東西，卻永遠留在她身上。

她想像，將來韓坡會把這個倒番茄醬的方法教給自己的孩子。她也會傳授給自己的孩子。然後，大家都忘記了這種方法是誰發明的。

人生是個多麼奇妙的過程。

她拿起瓶子，很熟練地甩出一點番茄醬。

22

他不會忘記，這種倒番茄醬的方法是李瑤教他的。

有一年冬夜，他人在阿姆斯特丹一家中國餐館裡，身上的錢僅僅夠吃一盤炒飯。那盤炒飯一點味道都沒有，他看到桌子上有一瓶番茄醬，像發現了救星似的，他把番茄醬甩在飯裡。就在那一瞬間，他想起了李瑤，想起了童年和遙遠的家，想起了鋼琴。

那盤炒飯，他幾乎是和著淚水一起吃的。

曾幾何時，李瑤是他的鄉愁。

23

夏薇帶著沉甸甸的提包出去，又帶著沉甸甸的提包回來。離開『銅煙囪』的時候，韓坡想要幫她拎提包，她連忙搶了過來說：

『我自己拿就可以了。』

她把提包裡的舊唱片全都倒在床上，這些唱片，她本來是帶去給韓坡的，有好幾張，她甚至從來不肯借給別人。可是，看到李瑤首先把自己的舊唱片送給韓坡，她忽然沒勇氣把自己那些拿出來。

這是一場品味的較量，她害怕輸給李瑤。

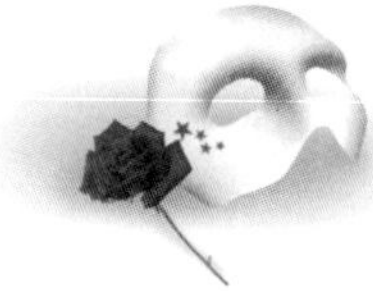

她把唱片一張一張放回去抽屜。然後，她站了起來，走進廚房，打開壁櫥，找出一個藍色的盤子，這是她上陶藝班時做的，上面手繪了星星和月亮，是她最喜歡的一個盤子。接著，她打開冰箱，把裡面的一瓶番茄醬拿出來，旋開蓋子，握住瓶底，像韓坡和李瑤那樣甩番茄醬。可是，她的圓圈畫得太大了，番茄醬濺到牆壁上。

整個晚上，她都在用一條濕毛巾努力擦掉牆上的番茄醬。

妒忌帶著濡濕的獠牙，像隻吸血鬼似的，想要吸乾她的血。直到睡眠慢慢而無奈地漂來，她扔下手裡的毛巾，爬到床上，聽一張她原本想要送給韓坡的唱片，在歌聲裡想念他。

24

韓坡在唱盤上換了一張又一張唱片，長夜悠悠，音樂在他那狹小的公寓裡流曳，他的耳朵沉醉地傾聽著，就像也重溫了李瑤聽這些唱片的時光。

每一張唱片上，都有她的指紋和氣息。這些舊歌，都是她喜歡的，有些已經十幾年了。她當時過著怎樣的生活？是甚麼樣的心情？他不免浮想連翩。

夜已深了，她和她的音樂盤踞在他心頭。

第 4 章

面具

每個女人心中，

大抵都有一個被壓抑了的自我，等待釋放。

無法釋放的，

是她對一個男人無邊無際的戀慕。

1

李瑤後來還是去了唱片店。

在那個擁擠的商場裡，她遠遠站著，看到韓坡在那家僅僅容得下幾個人的店裡，站在櫃台後面。他一邊吃飯一邊收錢。一個零錢掉到地上，他彎下身去，找了很久。

她突然感到一陣難過。這眞的是他所選擇的生活嗎？這種生活太委屈他了。以前那個韓坡呢？以前爲了練琴可以廢寢忘餐，彈不好一首歌便怎樣也不服氣的韓坡到哪裡去了？

就在這個時候，韓坡發現了她。他們默默無言地對望著。

『你來這裡幹甚麼？這裡不適合你來的。』韓坡走到店外面說。

『我在附近經過，所以來看看。我那些舊唱片賣得好嗎？』她笑笑問。

『喔，很好。』他說。

『那麼，你要請我吃飯囉！』

『現在就去。』他匆匆關上門，帶她離開那個地方。

2

他們去了附近一家小飯館。她告訴韓坡，她將要拍一支手錶廣告片，並且負責寫主題曲和配樂。他們談了許多關於時間的話題。

『如果時光可以倒流，你想回去幾歲的時候？』她問。

『我沒想過。你呢？』

『十一歲。回去十一歲那年，我會阻止爸爸媽媽離婚。我以爲你會想回去八歲呢！那就可以再彈一次「離別曲」。』

『我從來不後悔的。』他說。

『眞的沒做過一件後悔的事情？』

『倒是有一件。』他說。

3

那時，他剛到巴黎，身上的錢差不多花光了，又找不到工作，每天只能吃幾個麵包充飢。一天，他的朋友小胖問他有沒有興趣賺點錢。

『怎麼賺？』他問。

『有個女人想要生孩子，她想要中國人的精子，但她嫌我長得醜。』

他嚇得張大了嘴巴。

『酬勞不錯的。』小胖說。

『是直接還是間接？』

『當然是間接！你眞想得美！她想要人工受孕。』

他沒想過自己要淪落到在巴黎賣精子，但他已經沒有其他辦法了。

那個女人要求跟他見面。韓坡依約來到一家中國餐館。看到那個女人的時候，他很意外。她是個法非混血兒，長得很美，約莫三十五歲。她以前愛過一個中國人，他是她一生最愛的男人。後來，他在一宗攀山意外中粉身碎骨。許多年了，她忘不了他。當青春差不多開到荼蘼的時候，她想到要懷一個有中國血統的孩子，在下半輩子陪在她身邊。但是孩子必須長得像他，所以，孩子的爸爸也要長得像那個已經死去而她仍然深深愛著的男人。

韓坡長得有點像他，一瞬間，她改變了主意，說：

『我們不如直接來吧！』

他嚇得連忙從那家餐館逃出來，吃了一半的一盤炒米粉也只得留在裡面。

兩個月後，他在街上又碰到那個女人。這一次，兩個孤單的人走在一起。他跟她說，他不想要孩子，她答應了。四個月後，驟來的愛情也驟然消逝。他沒有再見過她。

可是，有時候他會擔心，她會不會懷了他的孩子？那麼，他便可能有一個中、法、非混血的孩子，再加上他爸爸的祖先好像是有一點維吾爾族血統的，那就是中、法、非、維吾爾族混血的。他眞怕有天有個混了四種血的小孩叫他爸爸。

4

李瑤幾乎笑出了眼淚。

『這就是你最後悔的事情？』

韓坡靦腆地笑了。

『你喜歡現在的工作嗎？』她問。

『很好啊！非常自由！』

停了一會，她問：

『你有甚麼夢想？』

『夢想是愚蠢的。』他說，『我沒有夢想。』

他的聲音聽起來是那樣毋庸置疑。她無奈地笑了笑，沒有再問下去。再問下去，就顯得她的愚蠢了，就像她以前寫給他的那些信，用意雖然是好的，內容卻笨拙得可以。

5

走出小飯館的時候，他們才發現天色忽然暗了許多，雨密密麻麻地橫掃，途人倉皇地躲到樓底下避雨。

『糟糕了！我還要去唱片公司開會。』她說。

『我去買一把雨傘。』韓坡說。

『不用了，等一下就好了。』

『你等我。』他說。

她看到他走在濃濃的雨霧中。人們撐開傘遮住腦袋匆匆走著，圓拱形的傘篷互相碰撞，一下子，就不見了韓坡的蹤影。

他回來的時候，帶著一把苔蘚綠的塑膠雨傘，頭髮和衣服都濕了，就像剛剛從一池水裡爬上來那樣。

『你淋濕了。』她說。

『沒關係。』

他撐著傘，幫她招了一輛計程車。道別的時候，他叮囑她不要再到唱片店來，這種地方人流太複雜了。

車子開走的時候，車窗一片迷濛，她看不清楚他，只看到一個依稀的人影站在雨的那邊，留下了一段白茫茫的距離。

她曾經以爲，時間是客觀的流動，對每個人都是一樣的，沒有優待誰，也沒有虧待誰。可是，就在這一刻，她發現時間是一種感知，對每個人也許都不盡相同。快樂的時間是短促的，等待的時間是漫長的，一切會隨著情境而有了自己的速度。她和韓坡所過的時間或許是兩支節奏不一樣的歌，惟有童年那段時間是重疊的，而且永遠凝結在記憶裡，也因此彌足珍貴。在雨的那邊的那邊，有些東西超越了時間。

6

走進唱片公司的會議室時，李瑤興奮地告訴顧青和林孟如：

『我有靈感了！』

他們奇怪地看著她。

『手錶廣告的歌！』她說。

『你看你！濕成這個樣子！』林孟如拿了一條毛巾幫她抹頭髮。

『你去哪裡了？』顧青說。

『你有沒有聽過一首叫「遺忘」的歌？』

一切皆成往事，但時光不會遺忘。

7

韓坡回到店裡，把腳上那雙濕淋淋的布鞋脫了下來，倒掛在櫃台旁邊。他嗅到自己皮膚上留下了雨水的味道，雨的味道在這狹小的空間裡漫漾出來，尤其清晰。這是他的味道，還是也混雜了李瑤的味道？陪她等車的時候，他感到自己被絲絲長髮撩拂，也聞到了她頭髮濕潤的青草味，心裡有片刻幸福的神往。

他眞的沒有夢想嗎？那曾經有過的夢想就像一場橫暴的雨，地上的蘆葦翻飛，風吹過後，已無處尋覓。他早就學會了，生存比夢想重要，後者是他負擔不起的奢侈。

夏綠萍的公寓附近，有個山坡，山坡下面有個雨水積成的水窪，日子久了，就養出了許多蝌蚪。有天黃昏，他和李瑤在那裡捉蝌蚪，他們各自捉了滿滿的一袋。忽然下了一場滂沱大雨，他們慌忙爬上山坡，躲到樓底下避雨。他無意中發現地上有一根斷開了的粉筆，他拾起來，在地上畫了八十八個琴鍵。然後，他飾演左手，李瑤飾右手，兩個人以四條腿代替雙手，用腳合奏了蕭邦的『雨滴』。濕淋淋的兩個人又忘情地彈了許多支歌，天地間都成了淅淅瀝瀝的迴響。

跳琴鍵的日子遠了。時光流逝，那一幕，他從來不曾說與人聽。在雨浪飄搖的那邊，還長留著一行童稚的足跡。他思念那個雨聲的年代；那時候，他有過夢想。

8

後來有一天晚上，他在公寓裡接到李瑤打來的電話。

『韓坡麼?你等一下，不要掛線啊!』

然後，他聽到電話那一頭的琴聲。

那支歌，竟然有著小飯館外面那場雨的氣息，竟有著童年山坡上那場雨的味道，就像一次驀然回首的恍惚。

他看到了時間蒼茫的顏色，聽到了兩場雨之間的歡愉與毀滅，時光細語呢喃輕撫，重又把他帶回去那個雨聲的年代。

她拿起話筒，說：

『是我幫廣告片寫的歌，你覺得怎樣？』

他心都軟了，充滿想擁有她的嫉妒與悲哀。

9

終於，他在電視上看到那支廣告片，在地下鐵路軌的廣告燈箱裡見到了戴著那個手錶的她，在報紙上讀到那個廣告的文案。所有這一切，都在說明：

時光不會遺忘。

有一次，電視播那支廣告片的時候，他觸了觸螢幕上的她。

10

那陣子，疲勞淹沒了她，一個夜裡，她終於寫好了那支歌。眼睛幾乎睜不開了，她抖擻精神，搖了個電話給韓坡，彈一遍給他聽。

『你覺得怎樣？』她問。

『很動聽！』然後，他笑了：『當年輸給你，也是合理的！』

音樂是時間的沉澱，她決定了，要用她的音樂來鼓勵韓坡，而不是用笨拙的言語。

11

夏薇特別偏愛小二班的一個男生，他有一撮頭髮像豬尾那種鬈曲，皮膚白皙，眼珠子黑溜溜的，笑的時候顯得特別明亮，憂鬱的時候，那雙眼睛又變得可憐巴巴，腦子裡不知道想些甚麼。他長得有點像韓坡，還會彈琴。夏薇喜歡在他臉上捏一把，喜歡偶爾用手指去捲他頭上那條小豬尾，喜歡在班上拿他開個玩笑。看到他兩頰都紅了，羞答答的樣子，她就大樂。

他當然不可能是韓坡的兒子。夏薇也見過一頭長得很像韓坡的小狗，是隻金毛尋回犬，可愛得讓人心都軟了。也許，當一個人喜歡另一個人的時候，無論看到甚麼東西，看到的都是他那張臉。

她常常去唱片店，去幫幫忙或揀些唱片回家聽。她從來沒有在店裡見過李瑤上次送給韓坡的唱片，她也沒問。有時候，她會做些曲奇帶去跟韓坡一塊吃。她也找過藉口去他的公寓看看，她說是想去看看那條泡眼金魚，然後，她在電唱機旁邊看到李瑤那些唱片。

她也學會了怎樣甩番茄醬，但從來沒有在他面前做出來。

學校裡教體育的小吳有點喜歡她，常常特別照顧她。小吳人很開朗健康，愛穿白色運動衣褲。一天，陽光很好，夏薇靠在走廊的欄杆上曬太陽，正在下面操場上體育課的小吳看到了她，大概很想在她面前表現一下，於是，他示範了很多個前空翻、後空翻和側手翻，還有一字馬和掌上壓。當他表演倒立的時候，夏薇悄悄地走開了。她就是不能夠忍受男人穿白色貼身運動褲。

12

小吳不是她的類型，她也不是小吳的類型。小吳看的都很表面，沒有人了解眞正的她，連韓坡也不知道她擁有一台機車。

那是一台義大利製的小綿羊，車身噴上銅綠色。她把車停在停車場，用一個布袋把它罩著，並不常開。

她的駕駛執照是兩年前考的，一次就合格。她愛穿著花襯衣和七分長的淨色褲子，踏一雙平底鞋，束起頭髮，戴上安全帽，開她那台小綿羊在高速公路上飛馳。

有時候，她會遇上一些開大型車的男司機，他們故意將車子逼近她的小綿羊，假裝幾乎要壓倒她，然後調低車窗朝她吹口哨，說些挑逗的話。每一次，她都憑著靈巧的身手在千鈞一髮之際化險爲夷，或者還以顏色。

那是她最私密的時光，是她最眞實和奔放的自我。

她家裡的人，血液裡大抵都有一點野性。爸爸告訴她，姑母年輕時是個不羈的女子，有很多情人。當她在台上彈琴的時候，誰又看得出來？

她是仰慕姑母的，她曾經偷偷拿了姑母的雪茄，學她那樣蹺起一條腿吐煙圈。只是，夏綠萍就像其他人一樣，誤以爲她是個平凡嬌弱的孩子，總是把她忽略了。

13

近來，她愛摸黑騎著小綿羊出去，直奔韓坡的公寓。她在外面繞幾個圈，停下來抬頭看看他家裡那扇窗，看到燈亮了，知道他在家裡，她才心滿意足地馳上高速公路，回去自己的窩。

有天晚上，唱片店關門之後，她和韓坡去吃飯。兩個人聊得晚了，韓坡送她回家。在進去公寓之前，她回頭跟他揮手道別，假裝上樓去，然後馬上跑去停車場，拉開布袋，騎她的小綿羊出去，沿途跟在韓坡坐的那輛計程車後面。

直到把他送回去公寓了，她才又披星戴月離開。

她像女黑俠，日間是個不起眼的小學教師，夜裡渾身是膽。星夜出動，不是行俠仗義或劫富濟貧，而是護送她心愛的人回家去。

她愛看賽車和拳賽，喜歡古代簡單的故事。如果現在是古代，那麼，她便可以把韓坡捆綁起來做爲愛的對象，無須他俯允。她還可以跟李瑤一決高下，比武或者賽車，韓坡將屬於她們之中勝出的那個。

每個女人心中，大抵都有一個被壓抑了的自我，等待釋放。她惟在夜間釋放自己。無法釋放的，是她對一個男人無邊無際的戀慕。

14

一天，在韓坡的唱片店裡，一隻蚊子在她皮膚上咬出了一顆紅斑。同一隻蚊子，接著又咬了韓坡。吃得太飽的蚊子，愈飛愈慢，韓坡正想打牠，夏薇連忙阻止。

『由得牠吧！』她說。

韓坡以爲她是個愛心氾濫的嬌弱女孩，而其實，她只是感激那隻偶爾飛來的蚊子。牠同時吸了她和韓坡的血，他們的血，在牠體內結合了。將來的將來，這隻蚊子的孫子的孫子的孫子，都有一個吸過她和韓坡的血的爺爺的爺爺的爺爺。想到這裡，她沉醉地笑了。以後見到蚊子，都有了一種特別的親切感。

15

爲了避免孤軍作戰的寂寞，最好的方法，便是在自己戀慕的對象周圍建立起天羅地網。夏薇跟徐幸玉小時候是見過面的，長大後在韓坡的唱片店裡又碰面，話題自然就多了，說著說著，才知道徐幸玉有個舊同學正是夏薇的同事，那人就是小吳。

夏薇於是把那天小吳表演翻筋斗和一字馬的事又說了一遍，徐幸玉笑得倒在夏薇身上，說：

『除了這些，他人很好。那時我們班的運動會金牌，都是靠他贏回來的。』

『但我就是不能夠忍受他的白色貼身運動褲。』

徐幸玉哈哈笑了：

『他那時是不少女生的白馬王子呢！』

夏薇笑了，心裡想，這個世界有多麼不公平呢？一個女人的王子，也許是另一個女人的青蛙。

16

徐幸玉正在熱戀，這是韓坡也不知道的。

『你們是怎麼認識的？』夏薇問。

她幸福地笑了：『是上他的課時認識的。之前已經聽過他的名字，他是外科的明日之星。他帶過我們進去手術室看他做手術，他眞的很棒！』

然後，她陶醉地說：

『當你看到一個男人在手術台上君臨一切，你是很難不愛上他的。』

停了一會，她又說：

『可是我不知道他喜歡我甚麼。我們看起來好像是兩個不同類型的人。』

『每個人心底或許都有另一個自我。』夏薇說。她最了解這一點。

『嗯，他私底下是個很沉默的人，不像平日在別人面前那麼風趣幽默。有時候，我覺得不了解他。』徐幸玉苦惱地笑了笑。

17

那天在小飯館裡，李瑤問韓坡，他夜裡都做些甚麼。他笑笑而沒有回答。

『不能告訴我的嗎？』

『我會去一個地方。』他說。

『甚麼地方？』

『不適合你去的。』

『有甚麼地方是我不適合去的？』

『你會帶給我麻煩的。』

沒想到這樣反而引起李瑤的好奇心。

『你以前會帶我一起去探險的。怎麼啦？現在我就不能去？』

他低頭笑了笑，那是一次糟糕的探險。沿著夏綠萍的公寓走下去，也就是他以前住的公寓附近，有一幢荒廢了許多年的古老大屋，據說是因爲鬧鬼，所以一直賣不出去。那天，他們決定去看看。

他們爬過大屋外面生鏽的欄柵，穿過花園，然後從一面破窗子鑽進去。偌大的屋子裡，鋪滿了從外面飛進來的落葉，除此以外，甚麼也沒有。他們每走一步，腳底下的地板都嘎吱嘎吱地響，李瑤躲在他後面，害怕得把臉埋在他的肩頭裡。他們沿著樓梯走上二樓，驚訝地發現那兒有一台白色的三角琴，雖然上面鋪滿了落葉，還棲息著兩隻烏鴉，但那台鋼琴，一看就知道是好貨色。一瞬間，他們忘記了害怕，興奮地走上去，掃走琴蓋上的樹葉。烏鴉受驚，撲撲翅膀飛了出去。

他和李瑤並肩坐在鋼琴前面，正準備用它彈一支歌，可是，當他彈 Do, Re, Mi 時，琴聲卻響出 Do, Si, La 的聲音。這台鋼琴長年失修，不曾調律，Re 音的弦鬆弛，變得比 Do 還低。

他們本來期盼著美麗的琴韻，突然聽到這種不成調的古怪的聲音時，都笑了起來。他和李瑤最後還是用它彈了蕭邦的『小狗圓舞曲』，那變成他彈過的、最奇異的一支蕭邦。

直到離開了那幢大屋，他們才想起，會不會不是鋼琴走調，而是有個鬼魂在作怪？他們嚇得魂飛魄散，不敢再去。

『現在跟從前不一樣了。』他說，『你的手錶廣告到處都可以見到。』

『原來你怕別人認出我的樣子！』

『除非你戴面具。』他隨便說說。

她愣了愣：『面具？』

『算了吧！你不會肯的！』

『好啊！』她說。

他拿她沒辦法，只好答應。

『你會戴甚麼面具？』

『到時候你便知道。』她說。

18

於是，那個晚上，李瑤戴著一張『歌聲魅影』的面具坐在看台上。韓坡跟幾個在附近上學的大學生在球場上打籃球。每個禮拜有幾天，他會來這裡，一個人投籃或者打比賽，累了，才回公寓去。

這天晚上，球場上的人難免對一個戴著『歌聲魅影』面具的女人投以奇異的目光，韓坡只好告訴他們，她是他的朋友，她患上一種非常罕有的害羞症，很怕面對陌生人，所以，在人多的地方，她會戴面具。

人們陸續離開了球場，剩下韓坡和李瑤。

『你打籃球很棒啊！』她說。

他看了看自己的一雙大手，說：

『我的手夠大，不用來彈琴，正好用來打籃球。』

『老師以前就說過你有一雙很適合彈琴的手。』

『現在不行了。』他回答說。

『可是，你剛才投籃的節奏很好，就像我們小時跳琴鍵那樣。』

他哈哈地笑了，望了望她，說：

『你爲甚麼還不把面具脫下來？』

『喔，我都忘了。太投入角色啦！』她一邊說一邊把面具翻到腦後。

那張戴過面具的臉，兩頰紅通通的，額前髮絲飄揚，鬢邊凝結了幾顆汗珠。就在這一刻，韓坡才發現，回憶是不朽的，是對時間的一種叛逆。李瑤好像長大了，而她那張臉，她的許多神情和小動作，還是跟從前一樣，幾乎不曾改變。

他見過她淩亂的頭髮。那年，是比賽前的一個月，他住在夏綠萍家裡。有一個晚上，李瑤也來了，並且得到她媽媽的允許，可以跟他們一起過夜。

半夜裡，夏綠萍睡了，他們偷偷溜到客房去。李瑤用長髮遮著臉，拿著手電筒照著下巴，伸長了舌頭，扮鬼嚇唬他，但他一點也不怕，還撥開她的頭髮。因爲頭一次可以一起過夜，他們實在太興奮了，兩個人都捨不得睡，趴在床上聊天。聊些甚麼，他已經完全記不起來了，只記得他們後來睡在一塊，她就睡在他旁邊，他幾乎聽到她的呼吸。他偷偷握住她的小手，幸福地滑進睡眠。

如今，那雙小手已經長大了，以數不清的年月隔開了他。

他抓起腳邊的籃球，走到球場上投籃去了。自我懷疑和自知之明無情地折磨著他，他想讓自己輕鬆，結果卻變成了輕佻。

『我以爲你會成爲鋼琴家的，沒想到你喜歡當歌星。當歌星有甚麼好？』他回頭朝她說。

他萬萬想不到這句話傷害了她。她眼裡有淚光浮動，終於沒有流出來。但他不能原諒自己，說出去的話，就像出籠的鳥兒，追不回來了。

他破壞了一個原本美好的晚上，就是因爲他那個脆弱的自我。

19

李瑤在自己的公寓裡赤著腳彈琴。她喜歡赤腳碰到踏板那種最眞實的感覺，穿了鞋子，是隔了一重的，就像戴了手套彈琴那樣。可惜，一旦在台上表演，便沒法赤著腳。所以，她養出了一個奇怪的習慣，就是穿芭蕾舞鞋。只有那樣薄和柔軟的鞋底，才幾乎接近赤足的感覺。從前在學校裡，同學都叫她『那個穿芭蕾舞鞋彈琴的中國女孩』。

這個習慣，連夏綠萍也無法要她糾正過來。也許，夏綠萍覺得無所謂，才沒有要她改正。老師從來就是個瀟脫的人。

李瑤喜歡赤腳的感覺，她在家裡都不穿鞋子。第一次在顧青倫敦的公寓裡過夜時，她赤腳在地板上走來走去，然後走上床。他在床上慘叫：

『天啊！你不洗腳就跳上床！』

她還故意用腳掌揩他的臉。

她喜歡用赤裸的雙手和雙腳，以及赤裸的心靈去撫觸每一個音符，去感受身邊的一切。顧青不一樣，他會對自己的裸體感到羞怯，雖然他擁有一個完美的肩膀。他所受的教養使他相信肉體或多或少是一種罪惡，在不適當的時候裸露是過分的。即使只有兩個人在家裡，他洗澡時還是會把門鎖上，她卻喜歡把門打開。

20

她還有一樣事情令顧青吃驚：她會翻筋斗。

那年，他們在倫敦的湖區度假。她的心情好極了，從那幢白色小屋的起居室一直翻筋斗翻到臥室，最後喘著氣停在顧青面前，雙頰都紅了，頭髮豎了起來。

顧青傻了眼，問：

『你怎會翻筋斗的？』

『我就是會！』她揚了揚眉毛，神氣地說。

『以後不要這樣了，會受傷的！』他說。

從此以後，她再沒有在他面前翻筋斗。

她從小就會翻筋斗。爲了彈鋼琴，許多事情都不能做，翻筋斗也許會弄傷手，所以她不敢告訴爸爸媽媽，只會偷偷在自己的房間裡翻筋斗。

童年時有一次，韓坡到她家裡玩。她帶他進去她的臥室，把門關上，要他站在門後面。然後，她在他面前表演翻筋斗。翻到最後一個筋斗的時候，她靈巧地用腳扳下牆上一個燈掣。

房間裡一盞燈亮了，韓坡看得目瞪口呆。

她把一隻手指放在唇邊，說：

『不要告訴別人！』

他點了點頭，答應替她守秘密。

接著，她告訴韓坡，她曾經想過要加入馬戲班，做個表演空中走鋼索的女飛人，或者在馬戲班裡彈鋼琴；他們都需要音樂。

她是個獨生女，孤獨的時候，會幻想許多奇異的事情，馬戲班是她童年最豐富、也最瘋狂的幻想。

『我跟你一塊去。』那時候，韓坡說。

韓坡是她童年最好的友伴。她常常抱怨沒有兄弟姊妹，可是，韓坡是個孤兒，她的抱怨就顯得太奢侈了。她總是特別親他，這種友伴的愛幫助她找到了自己，也讓她學會了愛。

『等你再長大一些，我們便去。』當時，她回答說。

21

準備畢業演奏會的那陣子，她的心情很緊張。一天，她進去琴房一個鐘頭之後出來，望月覺得奇怪，問她：

『爲甚麼聽不見琴聲？你在裡面睡著了麼？』

她沒碰過那台鋼琴，她在裡面翻筋斗。

快樂的時候，她的筋斗比較流麗，是四肢愉快的歌詠。不快樂的時候，翻筋斗是爲了平衡內心的情緒。有時候，這個發洩的方法甚至比音樂更原始和有力量一些。

也許，當她年老，齒搖髮落，無力再翻筋斗了，她會懷念這些秘密時光。

許多年後，她終於發現，她像她媽媽，內心有隻蠢動的兔子，既嚮往安全，也嚮往冒險。鋼琴是安全的，筋斗是冒險的。可是，只要能翻幾個筋斗，就能夠退回到她的童年去，所有的喜怒哀樂都變得簡單，人生也沒那麼多矛盾要去克服和面對。

她赤腳離開了那台鋼琴，在公寓裡翻筋斗。老舊的木地板隨著她身體每一次著地而發出清脆的迴響，是一種她熟悉、也讓她放鬆的聲音，平伏了她混亂的思緒。

這幾天以來，她總是想著韓坡。他那天的話刺痛了她，然而，她很快就在他那張汗津津的臉上看到了懊惱和抱歉。兒時的一段回憶，是他們永遠共存和共享的時光。他們曾經譜過一支共同歷史的牧歌。他是她的友伴，這種感情不曾改變。

就在這個時候，韓坡的電話打了進來。

『那天晚上，很對不起。』他窘困地說。

『我也曾夢想過有天成爲鋼琴家的。』她說。

『你現在很好。』

『我還不夠好，還差很遠很遠。』

『跟我比，便是很好了。』

『你比我有天分，只是你放著不用。』

停了一會，他問：

『你還有興趣來看籃球嗎？』

『是不是仍然要戴面具？』

他在電話那一頭笑了。

22

於是，隔天晚上，人們又看到『歌聲魅影』出現在看台上。幾個小孩子圍在李瑤身邊，很好奇這個戴著恐怖面具的是甚麼人。李瑤忙著爲韓坡打氣，他正在場上比賽。

最後，他那一隊勝出了。

他走上看台，坐在她旁邊，笑笑問：

『你爲甚麼喜歡戴「歌聲魅影」的面具？看起來很嚇人！』

『你不覺得很酷嗎？』她抬了抬下巴說，『這張面具是我去年在倫敦看這齣歌劇時買的。』

她把面具摘了下來，放在旁邊，說：

『你有去過倫敦嗎？』

他搖了搖頭。

『巴黎跟倫敦這麼近，你也不去看看？』

他聳聳肩，沒答腔。他怎麼可能告訴李瑤，他不去，因爲知道她在那裡，在那咫尺天涯。

『我本來準備要去德國深造的。』她說，『但我回來了，要幫我媽媽還債，時裝店的生意不是太好。』

他愣了愣，更懊悔自己那天的魯莽。

『可是——』她說：『即使能夠去德國，我也無可能成爲一流的鋼琴家。在倫敦的時候，我就知道這個事實。剛到英國時，我以爲自己很棒，但是，我很快就發現，能夠到英國皇家音樂學院去的，在自己的國家裡，有誰不是第一名？我永遠不會是最出色的！那時，我覺得自己很偉大，爲了媽媽而放棄夢想，可是，我或許只是想替自己找個藉口罷了！』她看了看自己雙手，說：『知道它不是第一名，多麼難受！』

『第二名又有甚麼不好？』他安慰她。

她忽然笑了：『沒想到你會這樣說！我還以爲你只喜歡第一名。』

『喔，不，我只是不喜歡輸。』

她燦然地笑了，站起來，脫掉腳上的鞋子，走到球場上，說：『想要看看我表演嗎？』

話剛說完，她在球場上翻了好幾個漂亮的側手翻，從左邊翻到右邊，又從右邊翻到左邊，最後，流麗地回到原來的位置。

他戴上那個『歌聲魅影』的面具，說：

『沒想到你還有翻筋斗。』

『我一直也有練習的。』

『但是，你沒去馬戲班。』

『誰說不會有這一天？也許，有天我會加盟「索拉奇藝坊」，跟大夥兒浪跡天涯！』

她說著說著又翻了幾個筋斗。那些筋斗，一直翻到他心頭。他躲在『歌聲魅影』後面，嗅聞著殘留在這張面具上的、她的氣息，甚至碰觸到她嘴唇曾經碰觸的地方。

她一翻筋斗，他便完了。

23

『表哥，還是不要買了。』徐幸玉說。

『就是啊！這裡的衣服太貴了！』夏薇說。

這天，韓坡把她們兩個帶來傅芳儀的時裝店，堅持要送她們一些衣服。

『我在學校根本不用穿這麼漂亮的衣服。』徐幸玉說。

『女孩子總得要有一、兩件漂亮的衣服充撐場面！快去揀一些。』他說。

『我眞的用不著。』

『畢業禮也要穿得好吧？一生才一次！』

『我還沒畢業！』

『我上班也不用穿得這麼漂亮，這裡有些衣服是我一個月的薪水。』夏薇說。

『女孩子要裝扮一下才會吸引男人的！』

然後，他把她們兩個推了過去，說：

『儘量買！衣服、皮包、鞋子，都買一些吧！我都沒送過禮物給你們。』

最後，徐幸玉和夏薇各自揀了一條很便宜的頸巾。

『只有頸巾？』他不滿意。

『是這裡最便宜的了！』夏薇小聲說。

結果，他幫她們每人挑了一些衣服和鞋子。

付帳的時候，夏薇悄悄說：

『這家時裝店是李瑤媽媽開的，跟她說一聲，說不定可以打折。』

『對啊！或者可以打五折。不過，打了五折也還是很貴。』徐幸玉說。

『別那麼小家子氣。』他掏出一大疊鈔票付錢。

明知道這是杯水車薪，幫不了李瑤，他還是很想出一點力。她知道了，一定會說他傻。

愛情是一場瘟疫，把他殺個片甲不留。

24

顧青近來有好多次聽李瑤提起韓坡。他不知道韓坡長甚麼樣子，也不知道他是個怎樣的人。他只知道，韓坡和李瑤有過一段青梅竹馬的日子，她覺得他的際遇應該可以比現在好。

每次聽李瑤提起韓坡，他會有一點兒妒忌。然而，他很快就告訴自己，妒忌是沒有自信和不信任的表現。從小到大，他沒怎麼妒忌過別人。可是，男人或許都會暗暗地跟另一個男人較量。他知道，在此一時刻，他還是遠遠比韓坡優勝，這使他很放心，也不介意李瑤提起他。

他只是遺憾沒能和她有一個共享的童年。當你深深愛著一個人的時候，你對她的童年難免有了一種懷舊，好想知道你愛的那個人會不會在過去某個時空與你做過相同的事情，又或者，她到底是怎樣長大的？又是怎樣來到你面前的？我們都帶著自己的歷史與另一個人相愛，但他從來沒有這麼熱切地愛過另一個人的歷史。

最近有一次，他跟顧雅吃飯。顧雅取笑他：

『你都忙著做李瑤的事。』

他笑笑說：『你千萬別這樣說，給爸爸聽到了，以爲我在銀行裡白支薪水便不好了。』

『爸爸媽媽都喜歡她啊！那天她來我們家裡吃飯時便看得出來，只是媽媽有點擔心。』

『擔心甚麼？』

『李瑤畢竟是在娛樂圈工作。而且，她正忙著爲自己的事業奮鬥，不知道會不會有時間照顧你。媽媽就是這樣啊！還以爲女人該爲男人犧牲。那是幾十年前的事了。』

『其實也沒說誰照顧誰的。』

『就是啊！只不過將孤軍作戰變成相依爲命，然後或許也還是孤軍作戰。』她臉上一抹憂鬱。

顧雅從小就是個比較悲觀的孩子。一家人開開心心的時候，她會突然走開，自己躲起來。愛情如果沒有一點悲劇的成分，她是不會滿意的。

但顧青嚮往的，是團圓。

25

這個星期以來，韓坡都是吃麵包充飢，彷彿退回去他剛到巴黎那段窮困的日子。他儲下來的，準備再去甚麼地方的旅費，一下子就在傅芳儀的時裝店裡花光了。

現在，他窩在自己的公寓裡，一邊啃白麵包一邊翻那本《自由與命運》。流浪是他的選擇，歸來又何嘗不是？他從沒想過會重遇李瑤，在此時、此地。他更沒想過深深埋在記憶裡的依戀幾乎一發不可收拾。

他是否能爲她做些甚麼？她希望他能進取一點。她口裡沒說，但他看得出來。他從不爲任何人做任何事情，惟獨她是例外的。他突然不想再去任何一個地方，只希望能夠留在她身邊。

於是，那天，他問夏薇：

『你家裡有鋼琴嗎？』

『有啊！』她說。

『我可以去你家裡彈琴嗎？』

她愣住了：『你想再彈琴？』

26

那天晚上，他來到夏薇的公寓。她的公寓是個套間，起居室跟臥室只是用一個衣櫥來分隔．那台直立式的山葉鋼琴靠在牆邊，旁邊有一張短沙發和一張小小的圓餐桌。餐桌上，放著個大肚魚缸，裡面養了一條泡眼金魚。

夏薇走到鋼琴旁邊，說：

『你現在就要彈嗎？』

『喔，好的。』他有點難爲情。

『你想彈哪支歌？』她在琴椅下面拿出幾本琴譜。

『都可以。』他說。

她替他掀開了琴蓋。

他坐到那台鋼琴前面。十六年了，他難以相信自己再一次想到要彈琴。他的十指關節已經變粗了，對鋼琴也日久生疏了。他完全不知道要彈些甚麼，也不知道怎樣開始。

『你多久沒彈琴了？』夏薇問。

『太久了。』

『沒關係，我們可以從頭開始。』她微笑著說。

『現在從頭開始，會不會太老？』他尷尬地說。

『別人可能太老，你永遠不會。』

他的手毫無把握地放在琴鍵上，叮叮咚咚的彈了幾個音階。他沒碰鋼琴，似乎已經有三十年那麼長。時光沖散了一切，沖散了他曾經以爲永不會忘記的音符。就像散落了一地的鈕扣，他要一顆一顆重新拾起來。他突然感到很喪氣。

最後，他彈了一遍『遺忘』，以爲那是至死也不會忘懷的一首歌，他卻只彈了一半，餘下的都不記得。

這些年來，他逃避了鋼琴，鋼琴也逃避了他。

27

那天在時裝店裡，韓坡爲她挑了一件白色的絲襯衣、一條黑色緞面的傘裙、一雙紅色漆皮尖頭細跟鞋和一個黑色的小皮包。她一直捨不得穿，掛在衣櫥裡，每天拿出來看看。

他說：『女孩子要裝扮一下才可以吸引男人。』他的意思可會是想她裝扮一下？

夜裡，她穿上那套衣服，踩著那雙紅鞋，久久地凝視著鏡子中的自己，又擺了幾個自認爲最迷人的姿勢，想像有天穿上這身衣服去跟韓坡約會。

可是，他爲甚麼送她衣服呢？而且還要到傅芳儀的時裝店去？這和李瑤有甚麼關係？

她很快明白了一個淒涼的現實：

無論她多麼不願意，李瑤還是擠在她和韓坡之間。

28

有天晚上，她又騎著她的小綿羊出發去看韓坡。她看到他從公寓裡走出來，手上拎著個籃球，到附近的球場去。她悄悄地跟在他後面。

令她詫異的是，球場看台上有個戴著『歌聲魅影』面具的長髮女人，似乎是他的朋友。

當那個女人把面具翻過去，她驚訝地發現，那是李瑤。

她聽不見他們談些甚麼，只見到她離去的時候有些怏怏。

她戴著安全帽，蹲在地上假裝修理她的小綿羊，因此，韓坡走過她身邊的時候，沒有發覺她。

29

一天，她在唱片店裡幫忙，韓坡忽然問她家裡有沒有鋼琴，然後提出想要到她家裡彈琴。她強裝鎮定，脈搏卻像兔子亂跳。

那個晚上，她努力地擦地板、洗浴室，把她那間狹小的公寓收拾得很整齊，迎接他第二天的到來。她還準備了一些曲奇。

他來了，坐在那台鋼琴前面，一副毫無把握的樣子。他已經太久沒彈琴了，一支『遺忘』只彈了一半。

鋼琴是一頭野獸，你無法馴服牠，便會反過來被牠駕馭。她永不會忘記那個彈蕭邦的韓坡。看到他沮喪的樣子，她忽然埋怨自己那台用了許多年的山葉鋼琴。韓坡需要的，是一台他曾經愛過，也愛過他，願意被他馴服的鋼琴。

30

夏綠萍死後把那台史坦威鋼琴留給她。可是，那台鋼琴太大了，放在她的公寓裡的話，她就只剩下個睡覺的地方。所以，那台三角琴一直存放在貨倉裡。

這天，她找人把鋼琴從貨倉裡拿出來，又把她那台山葉，還有沙發和餐桌都拿走，騰出空間來放那台史坦威。它是台龐然巨物，住進去她的公寓之後，泡眼金魚也要遷到床邊去。她又買了一把椅子代替沙發。

雖然整間公寓的比例都好像失衡了，但是，想到韓坡能夠再次用這台史坦威鋼琴，她縮在一張椅子上吃飯又算得上甚麼？

31

她的努力沒有白費。隔天，韓坡來到她的公寓，看到那台史坦威鋼琴的時候，呆了一會。

她站在鋼琴旁邊，說：

『我想，還是這一台比較適合你。』

他感激地朝她微笑。

『喔，還有！』她把琴譜放在鋼琴上。她幫他找到了『遺忘』的曲譜。

他輕輕地撫觸琴鍵。雖然那個彈蕭邦的韓坡還沒有回來，但是，往事已經對他微笑。

她在旁邊幫他翻譜。她做夢也沒想過，有天會由她來教韓坡彈琴。琴聲在她那間失衡了的公寓裡迴盪，瞬間平衡了一切。

她幾乎能夠猜到他爲了誰而再一次彈琴。可是，只要能夠待在他身邊，他爲誰而彈已經不重要。只有當他離開了她的公寓，她的歡愉也化爲寂寥，心不由自主地發酸。她希望他一直彈一直彈，永不要離開。

32

他輕輕地撫觸這台他暌違了十六年的史坦威，失落了的節拍像往事一樣，清晰地重現。他跟他兒時的摯友團聚，感動得雙手也微微顫抖。他彈了一個音階，那一下迴響是如此驚人地遙遠而又親近，喚回了一個琴聲飄盪的年代。

初遇和重逢，他都對它彈了『遺忘』，它順從地在他指尖下一訴別離情。

夜裡，他在枕頭裡壓出了一個窩，手和肩膀都累垮了。

第 5 章

一個銅板

假如說女人善於把愛情化為嫉妒，
那麼，男人也許就
善於把嫉妒化為愛情。

張小嫻

1

破曉時分，徐幸玉在杜青林身邊悠悠醒來。昨天晚上，她在他的宿舍裡過夜。現在，她爬起床，走進浴室刷了牙，朝鏡子捏了捏自己的臉，使她看上去緋紅緋紅的，然後又回到床上。杜青林還在熟睡，睡得像個孩子似的，她趴在他身旁，忍不住啄吻他，像小鳥啄食那樣。他轉醒過來，啄她的脖子，她嬉笑著滑進被窩裡，想要躲開。他們常常玩這個遊戲，像兩隻啄木鳥一樣，互相啄吻。

所有情侶，都有他們之間的遊戲。他們可以把戀愛的一些細節說與人聽，女孩子甚至可以和閨中密友分享她跟男朋友做愛的快樂，惟獨兩個人之間那個私密的遊戲，是很難去跟第三者分享的。

她忘了是誰首先啄誰的，大概是有一次，在杜青林的宿舍裡，他們從一部鳥類紀錄片中看到一隻啄木鳥非常認真地啄一棵樹。然後，杜青林啄了她，她也啄了杜青林。

『我要上課了。』徐幸玉爬到床邊找衣服，杜青林抓住她的腳踝，重又把她拉回被窩裡去，啄她的耳朵。

2

昨天晚上，徐幸玉穿了韓坡送給她的一條細肩帶杏色雪紡碎花連身裙，換了一雙隱形眼鏡去跟杜青林吃飯。她從來沒穿過這麼昂貴和性感的衣服，但是那天，韓坡和夏薇都說她穿得好看，她便想著要穿給杜青林看。

杜青林從頭到腳打量了她一遍，讚歎地說：

『你今天很漂亮！這條裙子是甚麼時候買的？』

『是表哥送給我的。』

『你表哥爲甚麼會送衣服給你？』他的語氣中露出嫉妒。

『表哥對我很好的。』她說。

他們一起三個月多一點了，她從來沒有見過杜青林妒忌。想到自己竟然能夠引起他的嫉妒，她心頭一陣愉悅。

她對杜青林的愛近乎崇拜。他很少說話，兩個人一起的時候，反而好像是她滔滔不絕。她不了解這個男人，因爲不了解，她更愛他，也嫉妒他過去的女人。

她聽過不少關於他的風言風語，都說他以前有很多女朋友，跟醫院裡幾個護士和醫生都交往過。這些歷史，她因爲害怕自己妒忌而從來不敢問，他也從來不說。

杜青林的父母在他很小的時候就分開了，他是由外婆帶大的。當他沉默不語的時候，她幾乎能夠從他臉上看到那些孤單成長的歲月痕跡。她痛惜他的童年，因此也更痛惜此刻的他。周末或周日，她會帶些媽媽燉的湯去給他，幫他收拾一下房間。

『我表哥是個孤兒，我們是一起長大的，他就像我哥哥一樣。』她終究還是不忍心看著他妒忌。

他撫撫她的臂膀，說：

『要是你跟別人出去，別穿得這麼性感。』

『不會的，我不會跟別人出去。』她向他保證。

回去宿舍的路上，他緊緊地握住她的手，在她耳邊說了許多悄悄話。

假如說女人善於把愛情化爲嫉妒，那麼，男人也許就善於把嫉妒化爲愛情。這個晚上，杜青林好像更愛她一些。他在床上溫柔地撫摸她濕津津的身體，頭埋在她的肚子裡。她突然很想把他吃下去，讓他和他的愛永駐在她身上、在他啄吻過的每一吋地方。

3

李瑤蜷縮在鋼琴旁邊的寬沙發上睡了一夜，一面窗子打開了，曲譜散落在地上。顧青坐在她身邊，搖了搖她。她緩緩醒過來，看到了他。

『你甚麼時候來的？』

『你整夜就睡在這裡嗎？』

『我寫歌嘛！』

『快起來吧！我們要去送望月飛機。』

『讓我再睡十五分鐘吧。』

『沒時間了。』

『十分鐘？』她豎起十根手指。

『回來再睡吧！』他搖搖頭。

『五分鐘！』然後，她轉過身去繼續睡。

他把她拉了起來，幫她穿上拖鞋，說：

『飛機飛走了！』

她無可奈何地坐起來，噘著嘴，斜眼盯著他。

『喔，別這樣看我，是你要我來接你的。』他撫撫她的臉，說：

『快去洗臉吧！』

她站起來，走到鋼琴旁邊的時候，回頭興奮地說：

『我彈一段給你聽好嗎？我昨天寫的。』

她站著彈了一段，轉過頭來想要問他覺得怎樣。他背朝著她，正彎身收拾她散亂在地上的、在風裡翻飛的曲譜。

4

望月今天要回德國去。她剛從德國回老家日本探親，回程的時候，經過香港跟顧青和李瑤敘舊。

昨天晚上，他們三個人一起去吃中國菜。望月瘦了一圈。

『德國的日子眞的不是人過的！我每天要花九個鐘頭練習。』望月說。

『我不知道有多麼羨慕你呢！』李瑤說。

『可是，我還是比不上人家練六個鐘頭的，那裡每個人都很厲害。』

『那就證明你也厲害！否則絕對進不了。』顧青笑笑說。

『眞想留在日本不再離開，回家的感覺眞好。』望月說。

望月來自一個大家族，他們家在銀座一帶有許多房地產，她三個哥哥都爲家族工作。他們對她卻有另一種期望，期望她成爲一流的鋼琴家，衣錦還鄉，爲這個以房地產致富的家族戴上一頂藝術的皇冠。所以，她的壓力一直很大。

背負著這種期待去生活和奮鬥，望月表面上是個開朗的女孩，內心卻很孤單。她和桶田的離離合合，或多或少也和這個有關係吧。她的壓力和憂愁都發洩在最親密的人身上。他愛她，但受不了她變幻無常的脾氣。他們分手了三次，又三度復合。李瑤從來沒見過兩個人，相愛得如此之深，卻又如此難以相容。

在去德國之前，望月跟桶田分手了。

『這次我們不會復合的了。一個在德國，一個在英國，不可能。』帶著一抹苦澀的微笑，望月說。

她想起在倫敦無數個日子裡，望月在她面前哭著說，不想再彈甚麼鋼琴了，只想跟桶田結婚去。最後，她還是選擇了鋼琴。李瑤慶幸自己從來不用做這種抉擇。回家的路上，她把顧青的手握得更緊了一些。我們多少的幸福，是在別人失意的時候領悟到的？

『如果你想要去德國，還是可以去的。』顧青說。

『嗯？』她不解地望著他。

『等我儲夠了錢，可以陪你去深造。』

『你知道我不想用你的錢。』

『如果那是你的心願，有甚麼關係呢？望月做得到的，你也做得到。』

『喔，她比我強得多。你也聽過她彈琴，你沒聽出那種分別嗎？』

『我還是喜歡聽你彈琴，一直聽到老也沒關係。』

她悵然地發現，顧青根本不知道那種分別：那種她曾經嫉妒，最後卻不得不承認的分別。望月比她技高一籌。

第一次聽到望月彈『離別曲』的時候，她想起了韓坡。如果韓坡沒有放棄鋼琴，那麼，也只有他可以勝過望月，替她贏回漂亮的一仗。

顧青不會明白，即使只是一點點的差別，也可以造成關山之遙。

5

李瑤又帶了一些舊唱片給韓坡，有些是她自己的，有些是林孟如和胡桑的。

在小飯館見面的時候，韓坡也帶了一些新唱片給她。

『那我不是佔了便宜嗎？用舊唱片換新唱片。』她笑笑說。

『這些唱片，說不定能給你一些創作靈感。』

『喔，對了！』她從背包裡拿出一疊曲譜，遞給韓坡，『我寫的新歌，你看看。』

韓坡仔細地看了一遍。

『怎麼樣？』

他難爲情地說：

『爲甚麼問我呢？我已經是個門外漢了。』

『因爲我相信你囉！』

『這首歌不容易讓人記住。』他說。

她恍然大悟：『對啊！我總是覺得有些甚麼地方不對勁，也許，我不是個作曲的人才。』

『技巧不是最重要的，重要的是人生的歷練和後天的努力。即使是蕭邦和莫札特，還有貝多芬，他們最好的作品都是投身作曲之後十年才寫出來的。』

她笑了：『你眞好！你拿我跟他們相比！希望我不用等到耳朵聾了才寫出最好的作品吧！』

『喔，也不一定要等到耳朵聾了。有個鋼琴家是在女傭在他旁邊用吸塵器吸塵的時候，突然靈感湧現的。吸塵器的噪音蓋過琴音，反而使他更敏銳地聆聽自己內在的感受。』

『你還說自己是個門外漢！』

『這些只是故事，我在紀錄片上看到的。』

『你說的是顧爾德，那個傳說患上了一種罕有的自閉症，最後死於中風的加拿大鋼琴家。他是個天才，也是怪人，一輩子都坐在一把他爸爸爲他做的破椅子上面彈琴，彈琴的時候駝背，下巴幾乎碰到琴鍵。』然後，她笑了：『如果我們的老師看到了，一定會用她那把尺狠狠地招呼他！』

韓坡咯咯地笑了：

『老師沒招呼過我，她只是招呼你！』

『她偏心！』

『那部紀錄片很感人！』他說。

『你想來看我錄音嗎？』她問。

她曾經以爲，韓坡放棄了音樂，就在這一刻，她發現，有些東西是不會消逝的，只是被生活和挫敗埋藏了。

6

韓坡站在控制室裡，隔著一面厚玻璃，看到錄音室裡的李瑤。她穿著一條飄逸的綠色及膝碎花裙子，赤腳走在地毯上。看到他的時候，她揮揮手朝他微笑。

她還是改不掉這個喜歡赤腳彈琴的古怪習慣。那雙小腳曾經踩在他的肩頭上，爬過薄扶林道那幢鬼屋的欄柵，一下子就長這麼大了。

李瑤坐到那台三角琴前面，全神貫注，準備錄音。錄音室裡的一盞紅燈亮了，她的手指在琴鍵上輕撫。上次給他看的那支歌，現在已經改寫了一段，細語低迴呢喃，就像兒時陪著我們進入夢鄉的、那些在收音機裡流轉出來的老調，令人留戀地回想起已逝的時光，是幾十年後也不會忘記的旋律。

他多少年沒見過她彈琴了？上一次，是隔著教堂的一堵牆，隔著重逢的距離；此刻，她就在咫尺之遙，喚起了卑微心靈對往事的記憶。她流曳而下的披肩長髮與身體輕搖於音韻之中，從指尖流瀉的音樂縈繞在他心頭，在那片穹蒼深處，更深處，就像那雙小腳再一次踩在他的肩頭上，給了他一種幸福的重量。

『這支歌寫得很好！她比我所想的還要好。』林孟如在他旁邊說。這個幹練的女人是他們的師姐，在夏綠萍的葬禮上，因爲一支『離別曲』而發掘了李瑤。如果不是她，李瑤走的又會是一條怎樣的路？他們還會重逢嗎？今夜，他會在這裡，帶著曖昧的喜悅聽她傾心而歌嗎？

有時候，他猜不透命運。假使命運安排他們相逢，她身邊又何必要有另一個人？

7

已經晚了，韓坡離開錄音室所在的大樓。就在樓下，他看到一個男人停好了車，從車上走下來，手裡拎著一袋食物，嘴上帶著一種準備給甚麼人一個意外驚喜的微笑，朝大樓走去。

兩個人擦身而過的時候，韓坡看了看他，這個陌生人也下意識地朝他看了一眼。在目光相遇的短短片刻，他的心頭一震。這個男人會不會就是顧青？

出於男人的競爭心，他企圖在極短時間之內在這個陌生人身上找出一些缺點，卻沮喪地發現，他一看就知道是個好人，身上還有一種高貴的氣質。

也許他不是顧青，也許他是。一瞬間，這種想法盤踞在他心頭。他突然意識到，自己是個在暗裡的人，是浮不上面的。一個女人駕著一台銅綠色的小綿羊在他身邊駛過，揚起了灰塵。他不禁笑話自己，笑話這種愛。

8

帶著一種無以名狀的失意，他來到夏薇的小公寓。

她來開門的時候，臉上帶著一抹驚訝的神情。

『是不是吵醒了你？』他抱歉地說。

『喔，我還沒睡。』

『現在彈琴會不會太晚？』他問。

『不會。』她微笑著說。

無論有多少的失意，回到那台熟悉的鋼琴前面，他找到了安慰。

長夜裡，他既希望自己強大，也一次又一次希望自己回到弱小的童年，回到去鬼屋探險和水窪裡捉蝌蚪的日子。他對李瑤的愛，像腦裡一個腫瘤愈長愈大了，固執而霸道地盤踞在他的神經，他不知道怎樣治癒它。在迷戀的痛楚裡，惟有琴聲是唯一的麻醉劑，給了他遺忘的安慰。

9

夏薇拉了一把椅子，坐在鋼琴旁邊，看著韓坡彈琴。

他突然的到來，嚇了她一跳。她還以爲他認出那個駕小綿羊的人是她。當他問：『吵醒了你嗎？』她才寬了心。

今天晚上，她跟著他去到一棟大樓。他在裡面逗留了幾個鐘頭才出來。她坐在路邊，背都累垮了，不知道那是個甚麼地方。

等到他走出來，她爬上車，在他身邊駛過。她一直怕被他認出，然而，有那麼一刻，她卻想看看他能否把她認出來。

他終究還是不認得。她比他早一步回來，帶著莫名的失落，趴在床邊。忽然，他來了。靠著足夠的自制力，她才沒有伸出手去撫慰那張失意的臉。

現在，她靠在鋼琴旁邊，望著他，聽著一個個音符在琴鍵上熄滅，燃起，重又熄滅，如同希望和絕望的交替浪潮曾經那樣煎熬著她。

她悄悄地走進廚房，煮了一碗燉蛋，端到他面前，說：

『我睡不著的時候，都吃這個。』

看他吃著那碗晶瑩嫩黃的燉蛋，她心中的月亮也浮上了湖面，映照著一個良夜、一條金魚和兩個各懷心事的人。

10

在醫學院的課室裡，徐幸玉呆呆地透過眼鏡注視著窗外的遠處。她上一次見杜青林，已經是許多天以前的事了。他對她好像忽然冷淡了許多，近來常常推說工作太忙，沒時間跟她見面。每次她想去宿舍找他，他都說很累，叫她不要來。他的話本來就不多，現在更少了，而且心不在焉。

她不知道是不是自己做錯了甚麼，又或者是有甚麼地方做得不夠好，惹了他討厭。同他一起的日子，她總是不知道怎樣愛他才是對的。她迷失了自己，也迷失了他。她從沒如此複雜而又誠惶誠恐地愛著一個人。她在他面前手無寸鐵，惟有一片赤誠。只有一片赤誠，是多麼的單薄和危險？

然後，她又安慰自己，別太過胡思亂想了，他眞的只是太忙和太累。如果連這一點都不能體諒，她又有甚麼資格愛他？

可是，如果他是愛她的，即使多麼忙、多麼疲倦，也會渴望見她吧？爲甚麼他好像從來不需要？他會不會已經愛上了別人？所以才不想她到宿舍去？

這些矛盾的想法煎熬著她，以致教授叫她的名字時，要旁邊的同學撞了撞她的手肘，她才茫然地回過神來。

『徐小姐，你在嗎？』老教授帶著嘲笑的口吻說。

她眼角閃耀出一滴淚，難堪得抬不起頭來。

11

夜裡，她去按了杜青林宿舍的門鈴。他睡眼惺忪的走來開門，看上去很疲倦。

『你爲甚麼會來？』他皺起眉頭說。

『我有功課想問你。』她怯怯地回答。

『現在？』

他讓她進去。然後，他坐在床邊，有點不耐煩地說：

『你想問些甚麼？』

她站在門後面，望著他，嘴唇在顫抖。她男朋友突然像個陌生人似的，對她的到來沒有表現出一絲驚喜。可是，她同時又看見他的確是累成那個樣子，她不由得責備自己的自私。爲了證實他的愛，她竟然在夜裡把他吵醒，而他可能已經幾天沒睡了。

『對不起，吵醒了你。』她結巴地說。

他沒回答，坐在那裡，像南極一樣遙遠。

她把身上那件大衣的鈕扣一顆顆鬆開，褪到腳邊。她裡面甚麼也沒穿。

他朝她抬起眼睛，驚訝地望著她。

她懷著如此羞怯的摯愛，把自己變成一個蕩婦，裸露在他面前，任由發落。

他離開了床，來到她身邊。

她的身體在哆嗦，淒涼地朝他微笑。

他撫摸她的面頰，憐惜地抬起她低著的下巴，好像是責怪她太傻了。

『我不會打攪你的，我只是想跟你待在一起。』她說。

她的裸體使他充滿了激情，他把她抱到床榻，吻她身上那雙他曾誇讚像個小山似的胸脯，一邊解開自己褲子上的鈕扣。

她抓住他的胳膊，問：

『你喜歡我這樣嗎？』

被情欲支配著的男人，用力地點了一下頭。

『我可以穿成這樣去跟別的男人約會嗎？』她用一種放浪的語氣說。

他好像被激怒了似的，用力地搖頭，然後，啄她的唇。

她閉上眼睛，幸福地笑了，爲自己能夠再次激起他的妒忌而感到安全。

12

早上在杜青林身邊醒過來的時候，她聽到杜青林跟電話那一頭的外婆聊天。他外婆最近在學電腦，杜青林幫她置了一台電腦，她迷上了電腦遊戲。杜青林像哄小孩子似的，叮囑她不要太晚睡覺，也別忘了每天吃血壓藥。她有血壓高的毛病。

她趴在他的肩頭，撫弄他的頭髮。那一刻，她多麼渴望自己是他的外婆，或者成爲他的孩子。那麼，她便有權要求一種永無止盡的懷抱，惟有死亡才能夠把他們隔絕。

在骨肉之情面前，愛情，突然顯得多麼的飄泊與寒傖？

她爬到他身上，像個無助的孩子似的，蜷縮在他的胸懷裡，說不清的依戀。

他掛上了電話，說：

『我要上班去了！』

她朝他點了點頭，臉卻仍然抵住他的胸膛，心裡隱隱地抱著一個希望，希望雨過天青，一切又回復到從前一樣。

離開宿舍房間的時候，她在大衣底下穿了杜青林通常穿來睡覺的一條墨綠色棉布短褲，把她的依戀，帶在身邊。

13

顧青從小就很仰慕他爸爸，但這種仰慕從來沒有溢於言表，而是藏在心裡。顧雲剛是拿獎學金進劍橋醫學院的。畢業之後，他沒有回來香港當一個高高在上的醫生，而是回去中國大陸，在北京醫學院裡教書。那個時候，他只有幾件衣服和一大堆書。他住在一間破屋裡，每天踏單車上學，過的是幾近清貧的生活。這種選擇把他父親氣得半死，兩父子有許多年沒說過一句話。

然後有一天，他放下手術刀，響應內心的召喚，回到家族的銀行，擔起做爲一個兒子的天職。他離開了北京醫學院裡一個志同道合的小姑娘，娶了個大家閨秀，生兒育女，履行人生的責任。三十多年後的今天，他成了個徹頭徹尾的銀行家，再也提不起手術刀了。

童年時，顧青跟爸爸很親。爸爸會把他放在肩頭，兩父子在他們家那幢別墅後面的海灘上看日落。日已西沉，他顯得掃興的時候，爸爸說：

『明天的地平線會來看望我們。』

這種親愛的父子情，隨著他的長大和爸爸對他的期望而有了距離感。於是，他轉向了母親，深信那個懷抱更慈愛和無求一些。然而，他知道有一雙眼睛一直在注視著他。

終於，他考上了劍橋。在倫敦，他選擇了最樸素的生活，儘量不用家裡的錢，甚至把自己流放在外面。這或多或少是對爸爸的叛逆，而同時也是對爸爸的致敬。他想成爲像爸爸那樣的男人，只是他從來不肯承認。

認識到李瑤是幸運的，然而，與李瑤的相逢也成了他人生的轉捩點。爲了李瑤，他放棄了流放的生活，回到他的家，回到他的責任和天職面前，回到爸爸的目光之下。

這天晚上，家裡的女人都出去看歌劇了，『孤星淚』正在上演。現在，只有他和爸爸兩個人吃飯。

爸爸抬眼望了望他身上那件深藍色呢絨的拉鏈外套，說：

『你這件外套都穿很多年了吧？』

『嗯，是的。』他回答說，『有八、九年了。』

『當年我在北京的時候，一件大衣穿了十年，那是我去劍橋之前，你祖母送給我的。』顧雲剛懷舊地提起往事。

然後，他又說：『多虧那件大衣，我才沒有凍僵。那是一件用喀什米爾山羊毛作襯裡的大衣，是我當時唯一值錢的身家。』

顧青笑了。

『你像我。』顧雲剛輕輕地說。

顧青突然覺得眼裡有些濕潤，爸爸的說話振奮著他的靈魂。能夠像爸爸，是他一直期待的事情。可是，這句話也同時喚起了他心底的內疚。回來香港之後，他雖然在銀行裡工作，卻沒有全心全意去做，反而是借了一點方便去爲李瑤做事。他甚至希望李瑤能去德國，那麼，他便可以再一次把自己流放。

他從老花眼鏡後面的那張臉，恍然發現光陰行進的痕跡，看到了自己這許多年的逃避是多麼無情和怯懦。而爸爸卻一直在等他。

然後，兒子夾了一片肉給爸爸。

『喔，謝謝。』顧雲剛慈愛地說。

這麼多年了，兒子還是頭一次夾菜給爸爸。

14

隔天跟李瑤一起去看『孤星淚』的時候，顧青有點心不在焉。李瑤太投入了，沒有注意到。

離開歌劇院，走在回家的路上，李瑤興奮地說：

『芳婷那首「我曾有夢」，我每一次聽，都覺得感動。』

他朝李瑤笑了笑，一瞬間，他發現自己已經不記得這齣歌劇的細節。他們在倫敦的時候，也去看過這個由雨果名著改編的歌劇，他現在突然沒有印象了。

他曾經以爲自己雅愛藝術，他也喜歡那樣的自己。此刻，他猛然發現，藝術是另一個世界，是一種不同的生活、一種消遣。他這些年來一直逃避和拋在後面的一種生活，才是屬於他的。遠在生活的那邊，有一種感情在召喚他。

15

夏薇買了兩張『孤星淚』的門票，邀了韓坡一道去看。

在漆黑的歌劇院裡，她偷偷朝身旁的韓坡看了許多次。他是那樣投入，並沒有發覺有一個人在偷望他。

由於太興奮了，那齣歌劇的前半段，她都沒法集中精神去看。直到愛波寧出場，她的眼睛重又回到舞台上。可憐的愛波寧暗戀革命英雄馬里歐，馬里歐並不知道。他愛的，是珂賽特。那夜，馬里歐託愛波寧送信給珂賽特。愛波寧在巴黎街頭踽踽獨行，唱了那首動人心弦的『形單影隻』。當這個城市沉沉睡去，愛波寧活在自己的幻想中，想像與馬里歐漫步到清晨，感覺到他雙手環抱著她。然而，她也深知道這一切只是想像，馬里歐的眼睛已被蒙蔽。樹木皆已枯萎，她逐漸明瞭，此生，她不過是在欺騙自己。她愛他，但這只是她的一廂情願。

聽到愛波寧的歌聲時，夏薇的鼻子都酸了。愛波寧就是她的寫照嗎？深知道一切只是想像，從無著落，她卻仍然相信會有他倆的未來。

她太悲傷了，離開歌劇院的時候，一直沒說話。韓坡以爲她是被這齣歌劇感動了，再一次相信她是個嬌弱的女孩子。

16

在那座漆黑的歌劇院裡，韓坡被愛波寧感動了。看著愛情降臨在馬里歐和珂賽特兩個人的世界裡，她只能苦苦戀著馬里歐。這種愛是如此幽深而又孤寂，以至她只能承認，那是自說自話，只是她自己的想法。沒有她，馬里歐的世界依然運行不輟，他的世界仍然充滿幸福，而幸福，是她永遠無法了解的感覺。

離開歌劇院的時候，他想起了『歌聲魅影』。魅影何嘗不是苦戀一個永無可能的人？諷刺的是，在現實生活裡戴著那張魅影面具的，卻是李瑤。

愛情就和藝術一樣，都是孤獨的追尋。

他感謝夏薇請他去看這齣歌劇。當動人的音樂在他身邊縈迴，他突然意識到一個事實：那個曾經離棄他而又被他遺忘的世界，終究還是他所嚮往的，是他一部分的血肉。

17

在小飯館見面的時候，李瑤把夏綠萍留給她的其中一個十法郎的銅板送給韓坡。

『爲甚麼給我十法郎？』他問。

『這是老師留給我的，總共有兩個。她把書留給你，給了我這個。』

韓坡想起來了，那時李瑤彈琴的手勢不正確，手腕動得太厲害，夏綠萍在她每邊手腕上放一個銅板，彈琴時不准她讓銅板掉下來。

『沒想到她一直留著，都二十年了。』李瑤說。

『是老師留給你的，爲甚麼要送給我？』

『老師會了解的。』李瑤說。

就在看完『孤星淚』的那個晚上，她從那個果汁糖罐裡倒出其中一個銅板，決定把它送給韓坡。她渴望能和他分享老師的期望，用那樣的期望鼓舞他。

韓坡了解地朝她微笑，說：

『我那本《自由與命運》要不要也分一半給你？你要「自由」還是要「命運」？』
她笑了：『太深奧了，你兩樣都留著吧。』

18

徐幸玉是那麼稚拙地相信，她已經掃走了她和杜青林之間的陰霾，日子又像從前一樣。可是，她不明白，沒有進步的感情就是退步。杜青林對她好像愈來愈客氣，那種客氣，只能屬於一雙即將要分手的情侶。許多次，她想問他是不是不再愛她了，可是她沒勇氣問。有些事情，一出口便會成爲事實。不說出來，也許還有轉回的餘地。

昨天晚上，她躺在他身邊睡著了，現在，他輕輕把她推醒，說：
『我要去看我外婆。』
『我跟你一起去好嗎？我都沒見過她。』
她很快就發現，這個提議不管怎樣都是一個錯誤。杜青林根本沒有意思帶她回家。

『你回去看你爸爸媽媽吧，今天是星期天。』

『我少回去一次也沒關係。』

她執拗地堅持一個錯誤，甚至不願意把它收回去。結果，她馬上受到重重的懲罰。

杜青林下了床，一邊穿衣服一邊說：

『我們分手吧。』

一瞬間，她的眼淚滔滔地湧出來。雖然她或多或少猜到他早晚會提出，但親耳聽到卻又是另一回事。

『是不是發生了甚麼事？』她問。

『我不適合你。』

『你是不是愛上了別人？』

他搖了搖頭。

『那爲甚麼？』

他沒有回答。

『你怎麼啦？我求你，告訴我為甚麼！』

他沒有回答，這個時候，他已經穿好衣服了。他把她擱在椅子上的衣服拿到床邊給她，說：『回去吧！』

她抓住他的手，哭著說：

『我甚麼也不要求，只想跟你一起。』

『我要遲到了。』他說。

她爬到床邊，抱住他的大腿，可憐地說：『你已經不愛我了麼？我們昨天晚上還做愛！』

他好像軟化了，坐下來，用手指擦著她淌滿淚水的臉，說：

『我會打電話給你的。』

『不！不！不！』她用力地搖頭，『你騙我的！』

『聽話吧！』他說。

她盯著他眼睛的深處，很想相信他。

『你眞的會打電話給我？』

他點了點頭，把衣服往她身上套。

她不想離開，害怕只要走出這個門口，以後就回不來了。然而，他已經站在門後面等她了。

他第一次帶她來這裡的時候，也是站在門後面。那一刻，他靦腆地望著她，她羞怯地站在窗邊，說：『這個地方很好，可以看到海呢！』

他笑笑說：『我回來就是睡覺，都沒時間看。』

同樣的一張臉，此刻卻在同一個位置上，如此焦急地想把她送出去。動情時的溫柔和無情時的決絕，都是那麼眞實。

19

她很快就知道是個謊言。許多天了，杜青林沒打過一通電話來。同學們都在圖書館裡埋頭苦讀，爲考試準備。只有她，蜷縮在宿舍的床上，等待一個回心轉意的男人。

她已經兩星期沒回家了，她無法拖著一個卑微的身子回到父母面前。

許多個晚上，她拿起話筒，想聽聽他的聲音，還沒撥出一個號碼，淚水已經溢滿了她的眼眶。這種感覺是那樣痛苦，她幾乎不想活了。

終於，她鼓起勇氣打了一通電話給他，埋怨他沒有遵守承諾。她本來想好好控制自己的，她知道，她愈是發瘋，他愈會遠離她。可是，聽到他久久的沉默之後，她卻說出那樣的話：

『你是騙子！』

這句話給了杜青林充分的理由把電話掛斷。

終於她懂得了：她是鬥不過這個男人的，並不是因爲他比她強大，也不是因爲他比她聰明，而是因爲他不愛她。

第 6 章

離別之歌

懷著深情摯愛默默地去愛一個人，
經歷愁苦、狂喜和挫敗。
那樣的愛注定要變成赤貧。

張小嫻

1

那個十法郎是一九七二年鑄造的，一面刻有十法郎的字樣，另一面是一個背上長著一雙翅膀的自由神像，象徵法國的自由。當天晚上，韓坡把銅板夾在他的書裡。

這個銅板爲他打開了一扇窗，一道弩箭重又射回他的胸膛，震動著他靈魂的弦線。在窗外的那邊的那邊，有個人早就在他神秘的幼小心靈生了根，要拔出來，已經不容易了。

2

後來有一天，當李瑤寫好了一支歌，想要拿給他看的時候，他提議在『銅煙囪』見面。

『你是不是想念那兒的羅宋湯？』她在電話那一頭問。

他曖昧地笑了笑。

3

不久之後，兩個人已經坐在『銅煙囪』裡面喝著羅宋湯了。韓坡看了李瑤寫的歌。

『你覺得怎樣？這是新一輯手錶廣告片的主題曲，關於離別的。離別之後，又會重逢。重逢的那支歌，我還沒寫。』

『寫得很好啊！』他由衷地說。

『眞的？我覺得還可以好一點的，尤其是最後一段。』

『已經寫出離別的味道了，而且還有點「離別曲」的影子，不簡單。』他微笑說。

她沒好氣地說：『你在笑我！除了蕭邦，還有誰能夠寫出「離別曲」呢？「離別曲」是不朽的。』

『你記不記得這兒附近有一幢鬼屋？』他問。

『你是說有一台白色鋼琴的那一幢？』

他點了點頭。

『當然記得！那幢鬼屋應該已經拆卸重建了吧？』

『它還在那裡，還是荒廢著。』

她愣了愣：『都十幾年了。』

『也許眞的是鬧鬼吧！』

『我才不相信世上有鬼！』

『你敢不敢去看看？』

『大白天，爲甚麼不敢？現在就去吧！』她興致勃勃地說，一邊把曲譜放進背包裡。

4

沿著韓坡小時住過的公寓往下走，經過一條無人的小路，他們看到了那幢廢置了的大屋，孤伶伶地對著一片白茫茫的海。

這幢大屋曾經目睹過他們像膽小鬼一樣地逃掉。十多年了，它變得更孤僻，更荒蕪，成了歷史的一部分，已經不能再老一點了。

李瑤再一次踩到韓坡的肩頭上爬過那一排欄柵；只是，這一次，他們都長大了，無法從一面破窗子鑽進去。韓坡帶她由大門堂堂正正的走進去，那把鎖已經壞掉多時。

大屋的地下，幾隻灰綠色的野鳥優閒地散步，都不怕人。老舊的木地板像泡過水似的，浮了起來，每走一步，都嘎吱嘎吱地響，不是孤魂野鬼的哀哭，而是更像一個老去的女人對歲月嘆息。那盞高高地垂吊下來，曾經絢爛地輝映過的巨型水晶吊燈上，棲息著幾隻麻雀，現在成了牠們的窩巢。

『奇怪了！好像沒有從前那麼詭秘，甚至還很有味道呢！住在這裡也不錯。』李瑤說。

『要不要上去看看？』韓坡說。由於急切的期待，他的喉嚨都繃緊了，只是李瑤沒看出來。

然後，他們沿著破敗的樓梯爬上二樓。

那台白色的三角琴依然留守在斷井頽垣的一幢大屋裡，像個久等了的情人。

李瑤推開了一扇窗，遠處的海上，一隻帆船飄過。風吹進來，地上的樹葉紛飛。

韓坡走到那台鋼琴前面，掀開了琴蓋。

李瑤回頭朝他說：

『這台鋼琴是走調的，你忘了嗎？』

韓坡朝她笑了。然後，他坐在鋼琴前面，手指溫柔地撫觸琴鍵。十六年了，十六年的歲月凝聚成一支他要爲她唱的歌、一支他失落了的歌、一支她認爲不朽的歌。這支歌曾經把他們隔絕了。在重聚的亮光裡，他用一台不再走調的琴爲她再一次撫愛離別之歌。

在這天降臨之前，他偷偷帶了一名調音師進來，裝著是這幢大屋的主人，要他爲鋼琴調律。花了不少時間之後，年輕的調音師終於面露笑容，說：

『行了。』

然後，調音師撫撫鋼琴，說：

『這是一台好東西。』

『它是的。』韓坡說。

這台屬於別人的白色鋼琴，在他童稚的回憶裡的地位，僅僅次於老師那台史坦威。它傾聽過他和李瑤的一支『小狗圓舞曲』，明日，它將會傾聽他的一縷柔情。

他懷著戰戰兢兢的心情帶李瑤回到這裡，回到鬼屋探險和雨水窪裡捉蝌蚪的歲月。他重又變回以前的韓坡，號令那台鋼琴爲他歌唱。相隔了十六年的光陰，他從記憶裡把這支歌翻出來，練得手都痠了。十六年前，他爲自己而彈；十六年後，他爲李瑤而彈。十六年前，他失手了；十六年後，他輕輕撫過的琴鍵帶他重返咿咿呀呀的童年。她出現在他面前，使他快樂。透過琴聲，他回到了音樂的眞實，得以重訪舊地，重訪當時年少的歲月，重訪以往生活的全部。彼此離別後，多少次，他的眼睛嚮往這一切。他可以感受到自己的靈魂游向她。他對她的愛，像驚濤裂岸般不可阻擋，這種愛在他的血管裡震顫，滋養著他心中曾經夢想和不能夢想的部分。這是一個靈魂私下的狂喜。

當最後一個音符在琴鍵上輕輕地消逝，他以不可測量的渴望朝她抬起頭，期望她報以微笑，但她沒有。

她站在那裡，凝視著他，眼睛映照出一種震驚，不動，也無任何言語。然後，她往後退，再往後退，掉頭跑了。

一瞬間，一切都變得悄然無聲。他所有可憐的希望和他對她討厭的愛，都被消減至無。就像十六年前那天一樣，他的頭髮全濕了，一顆汗珠從他的額頭滾下，緩緩流過眉毛和眼瞼，凝在他的睫毛上，像一顆眼淚，朦朧了他的視線。他覺得眼裡有些酸澀，低下頭，閉上眼睛。他明白自己敗北了。

5

差不多在同一個時候，外面翻起了一陣風，天色忽爾暗了下來。徐幸玉帶著一張屬於她的、令人羞慚的成績單離開課室，回到宿舍。

她把成績單收在書桌的抽屜裡，換了一套胸罩和內褲，穿上韓坡送給她的那條細肩帶杏色碎花裙子，底下穿了杜青林那條墨綠色的短褲，出去了，忘記帶一把傘。

6

她靠在杜青林宿舍房間外面的牆壁上縮成一團。直到傍晚，杜青林終於回來了，她像隻濡濕的、虛弱的小狗，那雙可憐的眼睛朝他抬起來。多少天了？她想他想得快要瘋掉。

杜青林看見了她，沒說一句話。

她站了起來，顫抖著聲音說：

『我為我那天說過的話向你道歉。』

他沒回答。

她畢竟年輕，缺乏經驗，不知道怎樣逾越他們之間沉默的屏障。

『你永遠不想再見到我了，對嗎？』她挨在門上，不讓他過去。

『不要這樣。』他僅僅說。

『我可以進去嗎？我只要跟你待一會兒，說清楚我們之間的事。』她哀求。

他甚麼都沒回答，一雙無辜的眼睛盯著她，彷彿是懇求她給他一條生路。

帶著一抹辛酸的微笑，她伸出一隻消瘦了的手去撫摸他的臉，然後撲了上去，摟著他，瘋狂地啄他的唇。她僅有的是每一吋都是愛的歷史的一個肉體，這是她唯一也是最後的武器。

這一次，他沒有啄她。

他拉開她抓住他胳膊的那雙手，說：

『你放手！』

『我不放開你！』她扯住他身上那件襯衣的袖子。

他把她推開。

『你不要我了嗎？』她哀哭著說。

『你是不是瘋了？這裡是醫院的宿舍！』

『我眞是會發瘋的！』她歇斯底里地哭叫。

『請你不要這樣。』他低聲重複一次，語氣卻是惱怒的。

『讓我進去，否則，我也不讓你進去！』她再一次把門攔住，膽怯卻沒有退路。

她恨他，恨他的愛如此短暫，彷彿不曾愛過她。給她勇氣把門攔住的，是不知道該怎麼辦的絕望，以及想挽回一段愛情的一個希望。

他咬著唇，盯著她，神情看上去很可怕。

『我答應你，我甚麼也不要求。』她被淚水淹沒了。

他卻轉過身去，頭也不回地走了，不再看她一眼。

一切都完了，她最後的武器都不管用了，她的整個世界將坍成碎片。

7

『發生了甚麼事？』夏薇來開門的時候，被她嚇了一跳。

『甚麼都完了。』她淚汪汪地說。

夏薇把她拉了進去，讓她坐在鋼琴旁邊的一把椅子裡。

『你今天見過他嗎？』

『嗯。』

『他怎麼說？』

『他幾乎甚麼也沒說。』

『我不是勸過你不要去找他的嗎？』夏薇嘆了一口氣。

『可是我太想他了！』

夏薇去廚房倒了一杯白開水給她。

『這水太苦了。』她喝了一口說。她不知道是她的舌頭沒有了感覺，還是這杯水眞的太苦。

『你要不要吃點東西？』

『我甚麼也吃不下。』

『你瘦了。』

『這水太苦了。』她又說。

『我換一杯汽水給你。』

『這裡有酒嗎？我想喝一點酒。』

夏薇點了點頭，去廚房倒了一小杯白蘭地給她。

『他不愛我了。』她把那杯酒倒進肚子裡，嚎哭著說。

『這個世界不是只有杜青林一個男人的。』

『但他就是我整個世界。』她回答說。

『沒有一個男人值得你爲他這樣痛苦。』

『我會做一件令他一輩子內疚的事，我要他永遠忘不了我，永遠不能在回憶裡把我抹走！』

『別做這種傻事！』夏薇捏住她冰冷的手，說：『如果你有甚麼事，你爸爸媽媽會很傷心的，還有你表哥，他也會傷心。』

『到時候已經不重要了。』

她想過終結自己的生命，她是個準醫生，知道如何去做。然而，她同時又想到找一個男人睡覺，用她那一個杜青林已經棄絕的、了無生氣的肉體，橫陳在一個她不愛的男人面前，向她深愛的那個男人報復。對了！肉體還能夠成爲她滅絕自己的一件武器。

『會過去的。』夏薇說。

『都過去了，他連碰都不想碰我。』

直到這一刻，她才發現自己多麼不了解杜青林，她不知道他愛情的歷史，不知道他的童年生活，不知道他是怎樣長大的，甚至不知道他心裡想些甚麼，爲甚麼愛過她，又爲甚麼不愛她了。她吃驚地發現，她對她所愛的男人一無所知，她和他之間，沒有一線牽連，從今以後，也就各不相干。她不能忍受的，正是這種各不相干。

『你去睡一覺吧。』夏薇拿了一套睡衣給她。

『夏薇，你有煩惱嗎？』

『每個人都有煩惱的。』

『你的煩惱是甚麼？』

『忘了他吧！』

夏薇坐在那台鋼琴前面，回頭朝她微笑：

『你表哥喜歡這支歌，聽了會舒服一點的。』

隨著琴聲，夏薇緩緩地唱起一支曲子。

那杯白蘭地在徐幸玉的胃裡發生了作用，她已經失眠了許多個晚上，此刻，她想要睡覺去了。迷迷糊糊的時候，只是隱隱約約地聽到幾句歌詞：

誰能將浮雲化作雙翼，
載我向遺忘的宮殿飛去？
有時我恨這顆心是活，
是會跳躍，是會痛苦；
但我又怕遺忘的宮殿喲，
就連痛苦亦付闕如。

她在睡衣下面仍然穿著杜青林的棉布短褲，那是如今唯一的牽連了。

『這酒太苦了。』她咕噥著。

8

家裡根本沒有酒，當徐幸玉想要喝酒的時候，夏薇想起壁櫥裡有一盒酒心巧克力，是小吳早陣子去瑞士旅行時帶回來給她的手信。

她把一顆顆巧克力掰開，將裡面的白蘭地倒出來，勉強湊夠了一小杯。接著，她自己吃了一顆，那既苦也甜的滋味是一種奇妙的融合，她有些迷醉，又有點想哭。

眼淚是會傳染的。每次看到別人哭，她就會想哭。小三那年，她有一個要好的女同學小毛。一天，小毛爲了家裡的事哭得死去活來，她在旁邊看著看著，也哭了起來，一雙眼睛哭得比小毛還要腫脹。她們約好了第二天一起離家出走。

想起離家出走，她就覺得興奮。假如她不見了，爸爸媽媽會想念她，後悔一直都偏心她姊姊夏盈。而她姑母，說不定也會對她另眼相看，眼裡不會只有韓坡和李瑤。

第二天，她揹著她鍾愛的一隻粉紅色凱蒂貓背包在車站等小毛，小毛失約了。她孤伶伶地揹著那隻凱蒂貓回家，家裡沒有一個人知道她曾經出走。

她豐富的感情，常常被辜負了。

她幾乎羨慕徐幸玉在愛情路上遇到了挫折，因爲照她看來，愛情便意味著高難度，意味著百轉千迴，拒絕平凡。徐幸玉至少有這麼一段愛的歷史，有這麼一種迷人的痛苦，而她卻連向韓坡表白的勇氣都沒有。就像當年，她第二天回到學校之後，並沒有質問小毛爲甚麼失約，反而假裝自己同樣沒有去車站，因爲她害怕小毛以嘲笑的語調說：『你是當眞的嗎？』

她一生中一直嚮往一種複雜的愛、一種被快樂和痛苦同時照亮的愛。因此她對徐幸玉有了一種情意深切的休戚相關的感情。爲了她的痛苦而覺得難過，好像她的痛苦也是她的痛苦一樣。

她爲她唱了『遺忘』。這支曲子，她同時也是爲自己而唱。

若我不能遺忘，
這纖小軀體，
又怎載得起如許沉重憂傷？
人說愛情故事值得終身想念；
但是我呀，
只想把它遺忘。

可是，就在這一夜，她瘋狂地想念她愈是要遺忘愈是遺忘不了的那個人。她不想再孤伶伶地揹著一隻凱蒂貓，回到她平淡的生活裡。

9

韓坡離開了那幢大屋，回到他荒涼的公寓，帶著他的挫敗，在身邊。

李瑤的逃跑，已經回答了他的問題。

不滿足於一段美好的友誼，乃是他不聰明的地方。那支歌，還有那一場精心的安排，此刻都成了無可辯駁的證據，他沒法解釋那是出於友情而不是可笑的單思。當他看到李瑤臉上啞然吃驚的神情，而不是他所期待的微笑和懷抱，他慘然地意識到，有些東西已經不可挽回地喪失。那是一條有去沒回的愛路。

他再也不要彈『離別曲』了，無論是十六年前還是十六年後，蕭邦都在愚弄他。

10

在她那台山葉鋼琴旁邊，李瑤的頭埋在兩個膝蓋之間蜷縮成一團。太丟人了！她怎麼能夠掉頭夾尾而逃？

當她聽到『離別曲』的時候，她一下子驚呆了，這支曲子，穿過了多少歲月在迴響？一剎那間，兩個相隔遙遠的時代突然相遇。它喚回來的往日，把她淹沒了。一種她不敢正視的東西，隔著離別似的蒼茫，懸浮在她和韓坡之間。

那台鋼琴已經調過律了，她驚異地意識到，這是韓坡一場刻意的安排。正正是知悉了這種安排，她才感到害怕。當她看見那雙深情的眼睛朝她抬起來，她在那裡讀到了清澄愛戀，讀到他拋出來的一個問題、一個期待的神情。

這是一個她不能回答的問題。遠方的人，被時間和空間相隔，在記憶的亮光之下，成了我們魂牽夢縈的幻影，一旦他們逼近了，又是另一種境況。

而且，她身邊已經有另一個人了，有一個承諾和親愛深情以無限信任在守候她，遠處有一雙眼睛在看著她。她惟有逃離眼前的呼喚。

可是，她童年的摯友此刻會怎麼想呢？假如說這是一個令人痛苦的誤解，那麼，縱容這種誤解的，不是別人，正是她自己。闊別十六年，她再一次用她的天眞笨拙和自以爲是傷害了韓坡。

11

遠處的雨聲漸漸停歇了，窗外天空的星星開始重現。夏薇爲徐幸玉蓋好被子，徐幸玉愁腸百結地蜷曲著身子在枕上沉睡。能睡就好了，睡著了就能忘卻，就能做夢，那裡有幸福。

夏薇離開了床，脫下身上的睡裙，打開衣櫥，拿了一套衣服出來換上。然後，她拉開最底下的一個抽屜，把一張面具拿出來，一張『歌聲魅影』的面具。

她靜靜地出去了，騎著她那台小綿羊，馳向這個城市的昏昏夜色，去夢她的夢。

12

戴著一張『歌聲魅影』的面具，夏薇來到韓坡的公寓。

韓坡打開門看到她的時候，愣住了片刻。

夏薇一句話也沒說，走上去，攬著韓坡。這是她一生中最嚮往的懷抱。

他們默默無言地擁抱。他的下巴抵住她的頭髮，把她緊緊地撫抱在胸膛。這瞬間的愛使她的肉體充滿了幸福的靈魂。如果能夠永遠待在這一刻，那有多好啊！可是，他揭開了她的面具。

13

韓坡不無震驚地望著她。夏薇朝他抬起那張一直藏在面具背後的臉，動人心弦地盯著他看，把一種欲望的目光投定於他。

他連忙鬆開了手，退後了。

『難道只有李瑤才值得你愛嗎？』她摘下面具，淚眼婆娑地說。

韓坡沒有回答，他完全不知道該怎麼辦，這是他從沒預見的一個場景。

『李瑤已經有顧青，她擁有的已經太多了！太不公平了！』她傷心地說。

他不知道說些甚麼去安慰這個淚流滿臉的女人。在無限柔情面前，他是如此辭窮。於是，一陣沉默橫在兩人之間，他們就這樣對峙著，不是像兩頭野獸那樣對峙，而是像兩隻傷痕斑斑的小動物，怯怯地對峙。最後，這種對峙變成了各自形影相弔。

『你說一句話吧！就說你不喜歡我，要我死心，即使是這樣也好。』

在敞開的白色衣領上，那張淚濕的臉使他惻然心動，卻無能爲力。他爲甚麼從來沒有意識到這種處境？夏薇就是他自己，懷著深情摯愛默默地去愛一個人，經歷愁苦、狂喜和挫敗。那樣的愛注定要變成赤貧。

『你太傻了！』終於，他難過地說。

『那麼，你呢？你就不傻？』她回答說。

一陣鼻酸湧上喉頭，他再沒法說話了。

14

月光滿地的時刻，李瑤下了車，走上韓坡的公寓。

她從來就無法在心裡藏些甚麼，她不想等到明天才跟他道歉。她現在就想告訴他，他是她最好、最無可替代的朋友。

韓坡遲了一會才來開門，窘迫地看著她。然後，她看到夏薇在裡面，滿臉淚痕。兩個女人吃驚地對望著。一瞬間，她明白發生了甚麼事情。

『對不起，打擾了你們。』她轉過身去，離開那個房間。

她爲甚麼沒想過夏薇？這大半年來，夏薇避開她，不是因爲忙碌，而是因爲韓坡。韓坡回來的時候，夏薇沒告訴她，不是因爲忘記了，而是因爲一個心結。這個心結有多久了？她無從察覺。他們彼此撫慰，她變成了第三者，來得太不是時候了。

韓坡追了出來，他們對望著，已經不知道說些甚麼了。

『我是來向你道歉的，你回去吧。』她微笑說。

然後，她伸手招了一輛計程車，再一次逃離他的視線。

回頭看到那個頹唐的身影時，她哭了。她不知道這樣的眼淚是出於難堪還是出於妒忌。

15

韓坡從外面回到他無愛的荒地。李瑤走了，夏薇也走了，只剩下他和一條金魚。

看到李瑤站在門外的時候，他本來可以不開門的。他一生中有過不少女人，面對摯愛的時候，卻變成個笨拙的孩子。

他回頭告訴夏薇：『是李瑤。』

一種憂愁的目光投向他。

他終究還是把門打開。他捨不得讓李瑤孤伶伶地站在外面。

他在兩個女人之間，在如此荒唐地裸裎的感情之間，不知道可以說些甚麼來為自己辯護而又不傷害任何一個。這一趟，輪到他想逃走了。

然而，李瑤首先離開了。

愛情從來就不是他的長處，它的天堂和它的地獄，它的榮耀和它的恥辱，給了他狂喜的歡愉，也給了他毀滅的痛苦。

多少年了？他終於知道，唯一的天堂是童年，那是一種天生的醉夢，一覺醒來，便再也沒法回到夢裡去。

16

夏薇從韓坡的公寓出來，踏著悲哀的步子，走在人行道旁邊和車流之間。她戴著的雖然是李瑤的面具，身上穿的卻是韓坡那天爲她挑的衣服：白色的絲襯衣、黑色緞面傘裙和一雙紅鞋。出於自尊和希冀，她爲他留下一點線索、一種暗示，使他心裡明白懷中的女人是誰，但他竟然看不出來。韓坡心裡根本沒有她。

夏薇找到了那台小綿羊。她把面具放在背包裡，戴上安全帽，馳向無邊無際的夜，這便是她的歸鄉。

17

任何我們失落了的欲望，都會由我們完整無缺地保留在夢裡。徐幸玉在陌生的床上做了一個夢。夢中，她躺在手術台上，一個穿著綠色手術袍，戴著面罩的醫生走進來，她認出他是杜青林。他的眼睛朝她微笑，她想坐起來投進那個胸懷，可是，她背後有些東西把她往下拉。原來她長了一雙巨大的、悲傷的翅膀，他們正是要把她的翅膀割下來。她竭力地掙扎，最後，她抱著杜青林，拍翼高飛，穿過手術室，飛向這個城市的熠熠星光。

18

夜色深沉，夏薇騎著她那台小綿羊輕輕飛旋於這座城市。她如大夢初醒般地明白，我們對從來沒有的東西百般思念，我們夢想某事恰恰因爲我們不能擁有，她投向的那個懷抱其實從來就不曾有過。她愛的全部意義，不是韓坡，而是愛情。

這種愛是無舟野渡，是永難實現的欲望與渴念。在夢幻的深處，只有自憐的影子。

一輛大卡車向她壓過來，車上那個男司機想要調戲一個在夜裡開車的女孩子，她加速飛馳，想要擺脫這種煩人的騷擾。

那台小綿羊愈來愈輕了，越過高架路一個拐彎處的百米之遙，飛墮出去。她踏著悲傷和疲乏的腳步，從愛情的虛幻中下墜，下墜，突然感到冷，如風中的樹枝般顫慄。她聽到時間在飄落。在飄落的時間裡，她俯瞰自己過往的生活，過往她享受其中的快樂和不快樂，在這一瞬間都粉碎了，然後消逝。她的白色襯衣上濺了一攤鮮紅的血。

愛是一首支離破碎的樂曲，她重又聽到韓坡的鋼琴聲，那支『離別曲』在她耳裡迴響，她知道這是爲她的死亡準備的。她看見了自己的終點。

19

夏薇在森森柏樹的墓地裡長眠，就在她姑母旁邊。她過完了上帝給她的短暫時光，不會再對從來沒有的東西百般思念，也不會再夢想那不可企及的愉悅。世上有身體和欲望，塵世以外，這兩樣都不復存在，惟有天堂。死亡使無償奉獻的女人終於擺脫了她如此無助的依戀。

徐幸玉在深深的墓穴裡撒下一把泥土，她全身因嗚咽而顫抖，她不能理解，她年輕的朋友爲甚麼會在那個晚上出去，回不來了。

20

韓坡沒有到墓地去，他從來就不相信人死了之後，是躺在一口墓穴裡的。出自於一顆靈魂的暗暗哭泣，他怨恨自己，也氣惱自己。他並不知道夏薇有一台小綿羊。離開錄音室大樓的那個晚上，一個女人駕著一台小綿羊打他身邊駛過，還有無數個晚上，他從公寓的窗子往下望，在球場外面，在回家的路上，都看到同樣一台銅綠色的小綿羊，而他竟然從來沒有懷疑過。

他不能原諒自己把一個無辜的女孩送上了黃泉路。

第 7 章

命運

靈魂的愛便意味著依賴和共存，
意味著承諾和付出，
意味著為對方的快樂而快樂，
痛苦而痛苦。

1

夏薇看到自己躺在手術檯上，身上覆蓋著厚厚的毛毯。一個醫生俯下身對她說：

『我們會救活你的。』

她想叫他們放棄算了。她感到自己的腦袋脹得有如一個巨大的氣球，輕飄飄的，下身卻沉重得像綁了一堆石頭。

她有點暈眩，這種暈眩把她送回去早已相逢的一個場景：穿著一隻布鞋的韓坡，把她從臭水溝裡拉了上來。她品嘗著嘴裡苦澀的餘味，這種味道決定了他們重逢的調子。

她沉湎起揹著一隻凱蒂貓背包離開車站踽踽獨行的時光。她爸爸媽媽，還有姊姊和姑母，其實都愛她。她嚮往再一次聽到韓坡在她身邊彈琴，『離別曲』的嬝嬝餘音將伴她長埋黃土，那裡有蟲鳴。

她微笑，微笑留在她的嘴唇上。她覺得好疲倦，她的夢做累了。她聽到醫生宣佈她的死亡，一條屍布蓋在她身上，將頭頂都遮沒。她還想再看一眼人間煙火。

2

當天晚上，離開宿舍四個小時之後，杜青林回去了。看到徐幸玉不在那裡，他鬆了一口氣。他想念他的床，很想好好躺在上面睡一覺。他已經三十二個小時沒睡了。

他在床上不知道睡了多久，護士打電話來，要他立刻到手術室去。一個交通意外的傷者重傷垂危，急診室剛剛把她送上外科部。

杜青林用冷水洗了把臉，匆匆換上衣服出去。

3

他俯下身，信心十足地跟病人說：

『我們會救活你的。』

手術台上的女人疲倦地眨眨眼睛，嘴裡咕噥些甚麼，他沒聽見。她的頭腫脹了，一張臉十分蒼白，完全變了樣。

護士說，她名叫夏薇，二十四歲，騎機車失事從高架路上摔了下去。

杜青林拚命幫她的大腦止血，可是，兩個鐘頭過去了，這一切都屬徒勞。他頹然放下手術刀，宣佈病人的死亡。

他望著手術檯上的死者，她的臉開始發藍。她是那麼年輕，可惜在他手上失去了。一個年輕女人的死亡突然喚起了他心中對另一個同樣年輕的女孩的憐憫。他摘下頭上的帽子，黯然離開了手術室。

讓病人從他手裡活過來，是他生命中最大的榮譽和價值，然而，這個晚上，他失敗了。他感到身子沉重了很多，心裡瘋狂地思念一個人。

回去宿舍的路上，他打了一通電話給外婆。深夜的電話讓外婆覺得很意外，於是，他柔聲說：『我只是看看你睡了沒有。』

他不習慣思念一個女人。外婆是他的堡壘，因此，他的思念最後轉投到養育他成人的女人那裡。

他一直相信，愛一個人是不安全的，就像赤條條地躺在手術檯上，裸露自己如同一具骷髏。他和女人的關係從來不會超過六個月，他害怕愛上一個女人的靈魂，也害怕她們愛上他的靈魂。因爲，靈魂的愛便意味著依賴和共存，意味著承諾和付出，意味著爲對方的快樂而快樂，痛苦而痛苦。他知道一個人有幾根骨頭和多少血肉，但靈魂的重量卻無可估量。他受不了一個好女孩對他深深的懷戀，更受不了長相廝守的期待。他受不了靈魂之愛的沉重和荒謬。

4

夏綠萍留下些甚麼？

兩個十法郎的銅板、一本羅洛·梅的《自由與命運》、一台史坦威鋼琴、一種微笑的荒涼。

夏薇留下些甚麼？

一條泡眼金魚、一台史坦威、一張『歌聲魅影』的面具。愛是千倍的寂寞。

蕭邦留下些甚麼？

一支『離別曲』、不朽的音樂、貧困悲痛的一生、千秋萬世名。

李瑤將留下些甚麼？

一段銘心刻骨的童年友情、一條錶帶、一張『歌聲魅影』的面具，一個十法郎的銅板、她愛與被愛的每一個時刻、她翻過的那些筋斗。

韓坡將留下些甚麼？

他做爲一個孩子千眞萬確的一刻、一段永不可駐的童年往事、一本《自由與命運》、一個十法郎的銅板。

我們爲何要深入去探究自身最遙遠、最親近、最孤單，也最危險的內陸？我們竟然希冀留在他人的回憶裡，相信天堂不在彼岸，而在此間。漫漫長路，要待到哪一天，我們才能夠高舉自己覺醒的光榮？

5

李瑤終究沒有到墓地去。韓坡曾經告訴她，人死了，不是躺在一口墓穴裡的。

夏薇死後，她常常想到他們三個人一起的日子。她以往爲甚麼總是把夏薇從她童年的回憶中抹掉呢？她的童年，彷彿只有韓坡。她選擇了自己的回憶。相同的一段時光，在韓坡、夏薇和她的生命裡，也許都有不同的面貌，因期待而變了樣。

那首爲廣告而寫的離別之歌，她總是彈得不好，也唱得不好。已經兩天了，她沒離開過錄音室。

『回去休息一下吧！』林孟如隔著控制室的一面厚玻璃跟她說。

她把頭埋在手心裡，甚麼也不肯聽。

『要不要把顧青找來？』林孟如說。

『不，不要。』她朝林孟如抬起疲倦的眼睛說。

顧青甚麼也不知道，只知道她有一個朋友最近在交通意外中死去。她以前是甚麼都告訴他的。現在，他們之間有了秘密，而秘密是危險的。然而，她沒說出來，不是出於內疚，而是出於想要保護顧青。她想把他留在他的純眞裡，那裡有快樂。

韓坡在那幢鬼屋裡彈的『離別曲』，隨著時間的逝去，在她靈魂的最深處，愈來愈清晰可聞了。那雙她兒時曾經牽過的小手，已經變成一雙溫柔的大手，再一次爲她撫愛離別的悲涼。她害怕離別。八歲那年離鄉背井，初到倫敦的日子，她在無數個夜裡嗚嗚地啜泣。無論她彈過多少遍離別之歌，她還是不習慣離別。

她隔絕了夏薇和韓坡，夏薇的死，也隔絕了她和韓坡。有些東西，再也難以彌合。

6

韓坡把唱片店歸還給魯新雨。

魯新雨和大耳朵從西班牙回來了。韓坡驀然醒覺，這一年的時光是他借回來的，這種借回來的時光，注定是短暫的；而他竟荒謬地以爲可以永駐。

『你要去哪裡？』魯新雨問。

韓坡不能回答自己。

是否只有不可能的事才令人沉迷？現實熄滅了他的渴望。他爲一個女人的死而回來，現在也只能爲一個女人的死而離開。

7

李瑤終於離開了錄音室。

夜裡，她把離別之歌的最後一段改寫了，改得面目全非，但是已經沒有一雙耳朵來聆聽這些旋律了。

『去找他吧！』她腦袋裡翻騰著一句話。

她離開了那台鋼琴，在地上翻了一個又一個筋斗，把腦袋裡的那句話抖下去，不再去想它。

8

韓坡在公寓裡收拾他的行李。他把泡眼金魚送了給徐幸玉。攤在床上的行李箱，再一次提醒他，飄搖不定的生活才是他的故鄉。我們持續不斷地做某事，正是我們命運所依賴的土地。

電視播出那個手錶廣告，他停了下來，看到李瑤孤伶伶地站在一座寂靜無人的音樂廳裡，眼裡說不清的惆悵。她始終是他依戀的那個人，不因距離而消滅。

那首離別之歌的最後一段改寫了，絲絲縷縷的飄來。改得太好了。他靜靜地凝視著不可觸摸的她，悲涼地笑了。悲涼是他們重逢的旋律。

他爲甚麼非要得到她的愛不可呢？愛並不存在於此刻，而是在回憶和期待裡。單程路通常也是回程路。不能要求甚麼，但能欲望甚麼，這是眞正的自由。這種愛情不需要回報，它自己回答自己，自己滿足自己。

『走吧！』一個強烈的聲音在他心裡迴響。

『留下來吧！她需要你。』另一個聲音在他心裡縈繞。

離別意味著甚麼？意味永不相見還是重逢的希望？

他將那個十法郎的銅板從書裡拿出來，把它高高地丟到頭頂去。在它急促下墜的時候，他用一隻手接住了它。假使是自由神像那一面，他便留下來；要是另一面，就是要他離開。

他看著自己緊握的拳頭，想起李瑤從倫敦寄給他的最後一封信。她在信上說：『爲甚麼你都不回信？我不再寫了。』那一刻，他幾乎想要馬上回信給她。他沒有回信，不再是因爲嫉妒，而是因爲驕傲。他覺得自己已經不需要了，不回報的人是比較優越的。多少年後，他承受了自己驕傲的代價。

他緩緩地放開手，笑了；笑自己竟然求助於一次偶然。要是老師的眼睛看到這一幕，定會責備他還不了解命運的深沉。

可是，這個銅板是李瑤送給他的，這是他宿命的塵土。

後記

張小嫻

《離別曲》這個故事的意念最早浮過我腦海時，我想寫的是童年和命運。當時，還沒有韓坡、李瑤、夏薇和顧青這些角色，我只是想寫一段植根於童年的愛：兩個小孩因爲一次鋼琴比賽的勝負，從此有了不一樣的命運。當他們長大之後，命運也造成了兩個人之間不可逾越的距離……

有了這個意念之後，人物角色才一個個出現，而且跟我原先的構想不一樣。把韓坡和李瑤連在一起的夏綠萍，是我後來才想到的。夏薇所佔的比重，原本也沒這麼多，徐幸玉和杜青林、胡桑和林孟如，還有顧青，都是自己慢慢在故事中活出來的。

構思一個小說的時候，作者是上帝，他喜歡寫甚麼題材都可以。小說開始以後，作者便成了局外人，他以抽離的身分去看這個故事和裡面的人，一切都有了自己的生命，情節會逐漸形成，所有的人物都好像眞有其人。

以前我會投入我寫的小說裡，變成其中一分子，有時甚至會因爲某段情節而感到鼻酸。這一次寫《離別曲》，我冷靜了許多，讓自己客觀一點去看整個故事。惟其如此，我才能夠更了解我筆下的人物。

愛情是人生最荒涼的期待與渴求。明白了這種荒涼，反而幫助我從自己的小說跳開來，去看故事裡的悲歡離合，去看韓坡、李瑤、夏薇、顧青、徐幸玉、杜青林這幾個當時年少的人，如何在動盪不安的愛情裡尋找自己的出路。

在小說裡出現的『銅煙囪』餐廳其實早已經不存在了。兒時，我的確去過這家餐廳，而且是我老師帶我去的，她就住在餐廳旁邊的一幢公寓裡。那天，她告訴我，餐廳附近有個龍虎山，龍虎山發生過一宗情殺案，很多年前的事了……

寫小說的人，往往可以將時光倒轉，重新安排人與地。我的老師並不是鋼琴老師。然而，任何我夢想的事情都可以由我的小說去代我完成。現實卻又是另一回事。

也許我們都同情韓坡和夏薇，但是我們或許更想成爲李瑤、顧青，甚至是杜青林。我們憐憫弱者，卻希望成爲強者，在一段關係裡，成爲最幸福的那個人，能要求一切，也能把欲望變成眞實。要是能夠這樣，該有多好。

羅洛·梅的《自由與命運》是我非常心愛的一本書。第一次看的時候，簡直是驚心動魄。每一次重看，我都會有一番新的領悟。命運並不等同於宿命，不是塔羅牌，也不是早已注定。我們無法決定自己生於那裡或死在何處，但是還有許多事情是我們可以自己選擇的。比如說：愛或不愛一個人。命運限制了我們的渴求，自由就是能夠超越這些限制。

這部小說裡的幾個主角都太年輕了，還沒能超越自身種種的限制，也許正因爲如此，才會有悲劇，待到一天，當他們成熟了，累積了更多的智慧，回顧以往的歲月時，或許會有覺醒。

去愛，本來就是一件百般艱難的事。愛裡有天堂，愛裡也有地獄。愛裡有榮美，愛裡也有痛楚。我是個害怕離別的人，卻無可奈何地要面對離別。我不是夏娃，卻相信自己被逐出了伊甸園，總是在尋覓我的天堂。

天堂何處？也許正如韓坡所想的，那不過是一種天生的醉夢。

從前，每次寫完一部小說，我會問自己：『我是哪一個角色？』也許每個都有

張小嫻

一點吧。這一次，我不是任何一個角色，我只是個讀者，帶著同情的目光去看這場青春的祭祀。

小說裡那個十法郎的銅板，到底是揭示命運還是宿命，便要留待韓坡自己去發掘了。

張小嫻

二〇〇二年七月十日

於香港家中

國家圖書館出版品預行編目資料

離別曲／張小嫻著.
··初版··臺北市；平裝本，2003【民92】
面　；公分，··（皇冠叢書；第 3242 種）
〔張小嫻作品；26〕
ISBN 957-33-1926-8（平裝）
857.7　　　　　　91024005

皇冠叢書第3242種
張小嫻作品 26

離別曲

作　　者—張小嫻
發 行 人—平鑫濤
出版發行—皇冠文化出版有限公司
台北市敦化北路120巷50號
電話◎2716-8888
郵撥帳號◎1526151～6號
香港星馬—皇冠出版社（香港）有限公司
總 代 理　香港灣仔告士打道80號16樓
電話◎2529-1778　　傳真◎2527-0904
出版統籌—盧春旭
編務統籌—金文蕙
美術設計—李顯寧
行銷企劃—陳凝香
印　　務—張芸嘉・林佳燕
校　　對—鮑秀珍・金文蕙
著作完成日期—2002年7月
初版一刷日期—2003年2月
初版四刷日期—2003年3月
法律顧問—王惠光律師

讀者服務傳真專線◎02-27150507
皇冠文化集團網址◎http：//www.crown.com.tw
電腦編號◎379026
國際書碼◎ISBN957-33-1926-8
Printed in Taiwan
本書定價◎新台幣200元

讀者回函卡

感謝您購買本書，只要將本卡填妥後寄回（免貼郵票），就可不定期收到我們的新書資訊，未來並有機會與張小嫻面對面近距離接觸！我們有任何關於張小嫻的新書出版消息，也都會儘速通知您。

1. 請針對下列各項目為《離別曲》打分數：

	5	4	3	2	1
A. 內容題材	□	□	□	□	□
B. 封面設計	□	□	□	□	□
C. 字體大小	□	□	□	□	□
D. 編排設計	□	□	□	□	□
E. 印刷裝訂	□	□	□	□	□

2. 您購買本書的動機？
□封面吸引 □書名吸引 □內容題材 □作者知名度
□廣告促銷 □其他
3. 您從哪裡得知本書的消息？
□書店 □報紙廣告 □皇冠雜誌廣告 □書評或書介
□親友介紹 □ 其他
4. 您通常以哪些方式購書？
□逛書店 □劃撥郵購 □信用卡訂購 □團體訂購
□網路購書 □其他
5. 您看過張小嫻的哪些作品？____________________

____

讀者資料

姓名：　　　　　　　生日：_____年_____月_____日

性別：□男 □女

職業：□學生 □軍公教 □工 □商 □服務業
□家管 □自由業 □其他__________

通訊地址：□□□______________________

____

聯絡電話：（公）__________分機______（宅）__________

e-mail：____________________

◎請沿虛線剪開、對摺、裝訂後寄出。

您對本書的其他意見：

◎請沿虛線剪開、對摺、裝訂後寄出。

北區郵政管理局登
記證北台字1648號
免　貼　郵　票

〔限國內讀者使用〕

105

台北市敦化北路120巷50號

皇冠文化出版有限公司　收